ALGUÉM VAI TER QUE PAGAR POR ISSO

Luís Pimentel

ALGUÉM VAI TER QUE PAGAR POR ISSO

Editor
Rodrigo de Faria e Silva

Revisão
Luanny Hellay

Projeto gráfico e Diagramação
Estúdio Castellani

Capa
Valquíria Palma

Imagem da Capa
Pixabay – foto de uso livre

Dados Internacionais de Catalogação na Publicação (CIP)

Pimentel, Luís;
Alguém vai ter que pagar por isso / Luís Pimentel, – São Paulo:
Faria e Silva Editora, 2020.
120 p.
ISBN 978-65-990504-9-7

1. Literatura Brasileira. 2. Conto brasileiro.

CDD B869 CDD B869.3

Em memória dos que perderam a vida no ano em que perdemos tanto (2020, de tenebrosa lembrança).

“Tenho para mim que a recriação do horror, pela ficção, cumpre a mesma função da realizada por textos de natureza documental – e não são poucos os exemplos da literatura universal que, em épocas distintas, comprovam essa teoria. Recriar o horror, dentro de parâmetros aceitos como verdadeiros, dispensa fatos ou dados objetivos. O que importa é que as vítimas se reconheçam nesses novos cenários e digam – como ouvi pessoalmente de várias pessoas, sempre para minha surpresa: ‘Foi exatamente assim. Eu estava lá’.”

Edgar Telles Ribeiro, “Literatura e resistência”,
site Quinta Capa, janeiro de 2019

—

“E, assim futricado, só escrevo porque tenho uma consciência culposa. Um homem limpo vai para casa e dorme. Ou vive, ama. E não há fantasmas que o atormentem. Um homem de bem dorme.”

João Antônio, *Abraçado ao meu rancor*

—

“Não sei você / mas eu sei que fui / por muitos dias e noites / o maltrapilho amnésico de Paris, Texas / (justo ou injusto quando pandemia nem havia) / zanzando zonzo e a esmo / em busca do que não sabe que perdeu.”

Passarinho

ALGUÉM VAI TER QUE PAGAR POR ISSO

CORPO ESTRANHO

Os primeiros raios de claridade ainda não se manifestavam. O breu da madrugada era interrompido apenas pela chama momentânea do isqueiro e o brilho vermelho da brasa do cigarro entre os dedos do homem que esperava, nervoso, a chegada da manhã.

O vulto de traços indefinidos se aproximou, cambaleante. O homem que fumava portava um fuzil. Achou que, apesar de mais próximo agora, o vulto continuava indefinido: os cabelos longos e o rosto imberbe realçavam traços femininos. Mas os ombros largos e o pomo de Adão saliente eram masculinos. Tinha seios definidos, mas a genitália era masculina.

Pôde observar tudo isso, apesar da escuridão, porque o corpo estava nu.

O homem que segurava o fuzil em uma mão e o cigarro na outra perguntou:

"Quem se aproxima? Diga a senha!", mas não obteve resposta.

Contou depois que ficara perturbado com a presença inesperada "daquele ser que parecia de outro mundo, vagando sem roupas e sem rumo no frio da madrugada". Já durava algumas horas o seu plantão à frente do ponto de drogas no Morro; o cigarro, um depois do outro, queimava os lábios e as pontas dos dedos. O comparsa que deveria rendê-lo no serviço estava atrasado, o que poderia não ser um bom sinal; e o fuzil, que não estava ainda acostumado a usar, pesava-lhe nas mãos.

Mesmo assim, depois de perguntar mais de uma vez "quem é você, qual o seu nome, homem ou mulher, para onde vai uma hora dessas, desse jeito?", sem que o vulto se manifestasse, ele atirou no que poderia ser uma ameaça.

Convencido pelos chefes a sumir com o corpo, para evitar complicações, o homem diz agora que ainda tem pesadelos com o gesto a que foi obrigado: esquartejou e queimou o ser estranho em um tonel lá no alto do morro.

Acorda para fugir do pesadelo e liga o rádio, que fica no móvel ao lado da caminha de solteiro, como tem feito durante as madrugadas insones no esconderijo. Toca uma música, que diz assim:

"Tudo em volta está deserto. Tudo certo."

—

– Era um corpo estranho – diz uma vizinha à outra, que responde com uma pergunta:

– O que é um corpo estranho?

A notícia no jornal conta que a estudante universitária Marcita, de batismo Márcio Rosário, vinte e um anos, foi "julgada" e morta por traficantes do Morro do Desespero. Quando encontrada pelos bandidos, a vítima falava frases desconexas e estava nua. A delegada que cuida do caso declarou à reportagem:

"Ele ou ela saiu da festa tirando as roupas, em surto. Foi encontrado por traficantes falando frases desconexas e levado para um 'julgamento'. Márcio ou Marcita teve o corpo incinerado, segundo a investigação."

A universidade onde estudava divulgou uma nota sobre o caso. A vítima cursava artes visuais na instituição. O texto exalta o apreço da estudante pela educação pública e afirma que seu assassinato é mais uma manifestação "da realidade de violência e desigualdade que se alimenta das distorções econômicas do país".

"O amor de Márcio pela universidade pública, como espaço para a realização do sonho profissional e de afirmação dos talentos das mais diferentes personalidades e perspectivas, foi declarado e vivido, sempre apaixonadamente, quando circulava pelos corredores", afirma o texto.

—

O homem no esconderijo continua a ouvir o rádio. Durante o programa de maior audiência da cidade, Ronda Policial, é feita a leitura da Crônica do Dia. O locutor lê a carta do irmão de Marcita ou Márcio, publicada em uma rede social:

Sinto muito. Recebemos a notícia de que minha irmã tinha desaparecido ao tentar sair de uma festa no Morro do Desespero. Segundo informações da polícia, seu corpo foi queimado e poucas são as possibilidades de encontrarmos alguma materialidade, além das milhares que Marcita deixou em vida e que muito servirão para que possamos ressignificar a realidade brutal que estamos vivendo.

Todo o processo de acompanhamento do caso junto à polícia foi feito por mim, minha mãe e amigos, que tornaram esse processo de sofrimento uma experiência de muita força, coragem e objetivo. A angústia se transformou no trabalho compartilhado de encontrar a pessoa que mais amei e acompanhei durante a vida. Infelizmente, as últimas informações que chegaram até nós e até a instituição pública, que está desenvolvendo o processo de investigação, demonstram diferentes faces da crueldade à qual estamos submetidos. Minha mãe e eu estamos lidando com esse sofrimento juntos. Trouxemos todos os objetos do quarto da Marcita para perto de nós. Muitos registros de suas pesquisas de desenvolvimento da poética do Corpo Estranho, roupas compradas e compartilhadas e, principalmente, seus objetos mágicos, suas plantas e livros.

Corpo estranho que se coloca em cotidiano compartilhado com muitas pessoas e que enxerga e sente a vida através das energias e forças da natureza. E, como ela escreveu, "se tiver que existir uma dicotomia entre o amor e ódio, eu escolho o amor".

Após ouvir a leitura da crônica, a vizinha comenta baixinho:

– Era um corpo estranho...

– O que é um corpo estranho? – pergunta a outra, novamente sem resposta.

LÁ VEM O CÉU DESABANDO FEITO DESARRANJO

Você acorda, estira os músculos, estala os ossos, coça os olhos, enfia os pés nas sandálias, vai ao banheiro, lava o rosto, molha os cabelos, faz um café e o bebe prazerosamente, acompanhado de um pedaço de pão ou de queijo, ou dos dois, talvez uma fruta. Pega o jornal.

Desgraçadamente, você começa a folhear o jornal para se dar conta de que o mundo está ardendo em chamas, ou soterrado em uma avalanche de lama, talvez mergulhado em um poço escuro repleto de animais peçonhentos, quem sabe embrulhado em um rodamoinho que nos leva para Deus sabe onde.

Embora dentro de sua casa a impressão não seja exatamente essa.

Apesar do jornal, das notícias, do mundo e do fogo, você se veste e se prepara para sair de casa, pois o dever lhe chama. Só então acorda sua mulher (sempre deixa ela dormir um pouco mais), que lhe deseja um bom dia de trabalho. Apesar de tudo, há alguém a lhe desejar bom dia e boa sorte, mesmo pressentindo que o seu dia já está – como o de muita gente – definitivamente arruinado.

E você não tem a menor ideia de para quem deve enviar a conta.

Você sai de casa sabendo para onde ir. Mas já não sabe por onde. Qual o caminho a seguir? Qual evitar? Olha para o alto e constata que lá vem o céu desabando, feito um desarranjo. E não há por perto qualquer marquise, toldo, guarda-chuva, sequer um chapéu.

Nem um cachorro vadio para maldizer, xingar, escorraçar, jogar no lombo do infeliz toda a frustração.

Sabe que precisa cumprir o seu dever, mas a essa altura da guerra do cada um por si, a cada dia fica mais difícil saber exatamente qual caminho seguir. A guerra hoje é de todos. Não existem lados definidos nem haverá vencedores.

E você ainda precisa semear, depois colher, carregar o fardo, levar a mensagem a quem quer que seja. Entregar a mensagem e voltar para casa, onde, com um pouco de sorte, sua mulher e filhos, se houver, ainda estarão lhe esperando.

Só não sabe mais como fazer isso.

Só não sabe mais para que casa retornar.

Mas você leu a Bíblia Sagrada. Tem conhecimento de que no princípio era o Verbo. Que o Verbo foi se transformando em carne e carnificina, que o espírito formatado para ser superior apodreceu juntamente com a carne para alimentar o ódio, a ganância e os urubus.

—

Antes de dobrar cuidadosamente o jornal para deixá-lo sobre a mesinha de centro da sala (de onde será resgatado pelo próximo leitor), você arregala os olhos e sente coceiras no nariz diante da notícia de que mais uma barragem estufada de resíduos tóxicos da mineradora tóxica acaba de se romper. Alguns corpos começam a ser encontrados, algumas centenas de pessoas estão desaparecidas, parte de uma cidade está soterrada sob o lixo pesado.

Como se houvesse lixo leve.

Você se lembra de ter lido notícia similar há pouco tempo.

O Verbo se fez ruína.

—

Você vai. Seguirá em frente, porque o destino é seguir. Não adianta fechar as janelas e vedar as gretas do telhado, achando que assim o desarranjo celestial não se espalhará pela casa. Também não adianta se esconder atrás do armário ou debaixo da cama. O mal tem olhos arregalados.

PORCO E PASSARINHO

"Um dia cochilei durante o serviço e, ao despertar, me deparei com os olhos do porco cravados nos meus. Juro que enxerguei no seu olhar um sentimento de pesar imenso. Juro. Não estou ficando maluco, Passarinho. Tá bom, você vai dizer que maluco eu já sou, mas presta atenção.

Senti um pesar imenso. Não sei se era pena de mim chafurdando naquela lama ou daquele suíno inocente, que daí a alguns minutos seria marretado, sangrado e retalhado.

Estávamos no mesmo barco, na mesma pocilga. Nunca vi tanta tristeza em um olhar.

Lembro como se fosse hoje a primeira vez que ouvi:

'Porco!'

Arregalei os olhos, como se assim pudesse escutar melhor para entender a razão de tamanha fúria, enquanto meu pai repetia:

'Porco! Não sabe se alimentar feito gente! Pensa que a mesa é um cocho, que a casa é um chiqueiro?'

Também me lembro dos olhos trêmulos de minha mãe, da boca que ameaçava ralhar: "Não fale assim com o menino, ele é uma criança", dizia ela enquanto meu pai continuava a mastigar feijão com farinha e a me olhar como se olha para um animal imundo.

Daí que, tão logo pude, dei uma banana para a violência de um e a covardia da outra, caindo de vez na sujeira do mundo. Aprendi que, de um jeito ou de outro, um dia todos vamos virar toucinho, lombo defumado, iguarias de feijoada, tripas para o sarapatel de domingo.

Eu aproveitava a vidinha tranquila de ex-policial, afastado da corporação por denúncias jamais comprovadas. Ainda recebia o meu tostão enquanto corria o processo administrativo, quando os amigos dos velhos tempos vieram chamar para aquele salseiro que ficou conhecido como a chacina de Padre Miguel.

Tá lembrado, não tá, Passarinho?

Foi assim que aconteceu: alguns dos nossos foram atocaiados por covardes, e quatro deles perderam a vida. Aí um grupo quente se viu obrigado a organizar a vingança, me convidaram em respeito à longa folha de serviços prestados, e assustamos até as estrelas do céu naquela madrugada em que partimos dispostos a lavar a honra da farda até o último botão. Deixamos uns vinte ou pouco mais de vinte no tapete de sangue da birosca imunda onde chafurdavam.

É a vida. Homens e porcos no mesmo barco.

O resultado foi a expulsão definitiva da tropa, mas é a vida. Daí à cadeia, dias de cão até a fuga. Daí ao inferno absoluto da dureza. Despensa ficando a zero, amigos virando a cara, família dando as costas, pois ninguém nasceu para passar fome. Nem eu. É a vida, e nela cada um tem que dar o seu jeito. O meu foi começar a matar porcos, único emprego que apareceu. Cuidava dos animais e também os matava. Lavava o cocho para botar ali os alimentos, a água, a lavagem. Manejava vacinas e remédios e, também, o machado e o facão. Com um derrubava o bicho, com outro retalhava as carnes, raspava a pele e separava os ossos.

Porcos. Pobres porcos. Eu sei, sou um deles. Sonhei muitas noites que estava sendo torturado pelos animais em revolta, ao mesmo tempo em que vivia com eles, comia no cocho com eles, fazia amor com eles, deitado na lama como eles.

Porcos!

Quem me levou pra lá foi o Barrão, um que conheci no xadrez e fugiu antes de mim. Quando cheguei à pocilga, ele já estava. Era encarregado, gerente, chefe, uma merda dessas. Sei que mandava muito e se achava melhor do que todo mundo. Um dia me desrespeitou, e não sou de guardar desaforos. Sangrei Barrão como aprendi a sangrar porcos. Pagou toda a estupidez suína com a vida. Saiu da porcaria para um buraco seco na terra. A humanidade não perdeu nada. Os porcos, talvez.

É a vida.

Um dia fui levado de volta ao imenso chiqueiro humano que eles chamam de penitenciária. Ali, a sub-raça na qual nos tornamos é subdividida em sub-subs, cada grupo ou montoeira de espécies pertencendo a uma vara – sim, é o coletivo de porcos, eu estudei um pouquinho na infância – que chamam de facção. Tornei-me um dos capatazes do território conhecido como galeria e, quando caititus ferozes se enfrentaram, eu estava entre eles.

Levante, motim, rebelião, guerra, chacina, o que Deus manda, Passarinho. Dias de muito sangue, pois a quantidade de foices, facões e machados de sangrar homens e porcos guardados ali dentro era uma fartura.

Meu ferro amolado e eu na ponta dos cascos, número um no corredor da morte, vupt, porco, vupt, porco, vupt, porcos, porcos, porcos!

E cada vez que gritava 'Porco!', eu enchia prazerosamente a boca, que nem o meu pai fazia."

—

Essa história, constante e conforme assim mesmo a reproduzo, foi o próprio Porco quem me contou, no dia em que nos tornamos amigos para sempre. Embora fôssemos, desde sempre e para sempre, que nem a água e o vinho.

—

Quanto a mim, quem me botou o apelido de Passarinho foi minha mãe. Eu ficava na janela trocando ideias com os pássaros que enfeitavam as árvores do outro lado da rua. Ela sorria e dizia:

– Assovia, meu canário.

Meu pai cantarolava um samba que dizia assim:

"Quem trabalha é que tem razão / eu digo e não tenho medo de errar."

Sempre gostei do verso, concordo com o autor e com as leis da vida: a gente precisa trabalhar, seja no que for. Ferroviário de profissão, meu pai teve um trabalho só a vida inteira. Não dei essa sorte. Por isso quebrei tantas vezes a cara em oficina mecânica, alfaiataria, padaria, loja de roupas, bar, mercearia, farmácia.

Até que desisti dessa via-crúcis e tentei a profissão de assaltante. Dancei no primeiro teste, fui preso e conheci Porco na cadeia. Um dia, durante uma rebelião dessas que presos promovem e polícias aproveitam para passar o rodo, ele salvou a minha vida. Eu estava na lista de inocentes que seriam sacrificados para engrossar os números, mas Porco era amigo do chefe do pavilhão e tirou meu nome de lá.

Um dia perguntei por que ele fez isso se nem me conhecia.

– Porque gostei do seu apelido. Desde menino que sou fã de passarinhos. Sei imitar o canto de vários deles. O mais bonito é o da sabiá. Quer ouvir?

Percebi logo que o bicho era maluco. Mas aprendi com a vida que a gratidão é um sentimento sublime. Quando saímos da tranca, fui trabalhar com ele.

Quando não estava fazendo merda – o que fazia quase sempre –, Porco se entregava a pensar na vida. E com saudades. Dizia ter saudades da infância e das canções que ouvia a mãe cantarolar.

Especialmente uma que dizia assim, e que eu gostava de ouvi-lo cantar:

"Meu canarinho, meu beija-flor / onde andará o meu amor / que foi embora e nunca mais voltou?"

Ele amolecia a boca e a entonação. Não parecia nem de longe ser o animal que era, embalando uma vozinha de criança desprotegida.

Eu ficava olhando para aquele homenzarrão troncho, dentes desalinhavados e manchados de nicotina, barba sempre malfeita ou por fazer, e pensava o quanto a vida pode ser surpreendente, sonsa e misteriosa.

Porco e passarinho são animais muito distintos. Mas temos dado o nosso jeito, com a ajuda da natureza e dos desnaturados, para fazer com que a coisa funcione.

UMA NOSSA SENHORA DAS GRAÇAS DE OLHAR DISTANTE

A casa é velha e maltratada por dentro e por fora. Pintura descascada, rebocos caídos, batentes de portas e janelas em petição de miséria.

A mesa da sala, onde a mulher se senta, está manchada de café e de gordura. A perna bamba está apoiada numa tampa de garrafa.

A mulher se parece com a casa, desbotada dentro do robe de chambre muito sujo e quase se desmanchando.

O chá já está na xícara de asa quebrada. Ela não lembra quem a serviu. Ao lado, o pratinho de sobremesa com biscoitos de maisena.

Dá um gole no chá, faz uma careta, segura a xícara que já está fria e atira na direção da cristaleira.

Era o único objeto de vidro ainda inteiro naquela casa.

—

Você que não viu, mas sonhou com a cena, acorda sobressaltado. A casa caindo aos pedaços pode ser a sua. A mulher pode ser sua mãe, que também já está velha e às vezes esquece quem serviu o chá (sua mãe prefere café com leite, o que não modifica em nada a situação).

Foi a moça. Ela sabe que foi uma moça.

Na sala de casa não há mais uma cristaleira. Mas já houve, no tempo diáfano e sombrio de sua infância. No tempo que conta, no tempo em que o sonho se passa.

Há um tempo que não pergunta mais quanto tempo o tempo tem.

Mas, assim que abre os olhos, você volta ao seu mundo. Está no quarto, na cama, reconhece o armário onde guardou roupas, descasos e brinquedos, a mesa de cabeceira, os panos pendurados atrás da porta, seu mundo, que não é em nada melhor do que o mundo que desaba sobre a casa, a velha ou a moça.

Ainda se sente cansado. Gostaria de dormir mais.

Um homem precisa dormir, você sabe disso. Um homem de bem precisa e merece dormir mais ainda.

Será que você consegue dormir novamente?

Possivelmente não, porque os fantasmas, com suas vozes e correntes, nunca foram tão reais.

As vozes que se cruzam bradam pelo pai que foi morto, consola a mãe que perdeu o filho, o menino que a guerra do tráfico aprisiona, a vereadora que foi fuzilada porque incomodou pessoas que mexem com assuntos incômodos, a moça que as forças do mal perseguem e a mulher a olhar sem expressão para os cacos de vidro no meio da sala.

A voz – que não é voz, é choro e lamento – ainda ecoa em seus ouvidos.

Você não crê, mas pede a Deus que o proteja. Aperta entre os dedos a medalha com a imagem de uma Nossa Senhora das Graças de olhar distante e se lembra do Sagrado Coração de Jesus, espetado com pregos nas rugas da parede da meninice.

Aquele coração gritantemente vermelho, grande demais, escapando do peito de um Jesus barbudo, lhe impressionava. Embora o Jesus adulto não o impressionasse tanto quanto o Jesus menino, angelical, nos braços de Maria.

Você não crê, mas não perdeu a esperança.

—

Explode como uma estrela nas redes sociais e acompanha, sem perder nenhum detalhe, a notícia sobre o festão de aniversário do chefe do tráfico de drogas na comunidade da Fazendinha Jack Star. Em foto que circula no Twitter, Facebook, Instagram e demais canais de publicação fortuita e gratuita, Jack aparece com um uniforme militar na cor preta, exibindo majestosamente um fuzil de verdade verdadeira. No entorno, outros homens estão com fardas camufladas, como os do Batalhão de Operações Para Lá de Especiais e com muitas armas pesadas.

Entre os comentários nas redes, feitos por seguidores, amigos e admiradores, destacam-se:

"Aniversário do paizão hoje na Fazendinha! Deu bom!!!"

"Tinha de tudo! E tudo liberado!!!"

"Pelos uniformes, a polícia esteve presente, embora não tenha sido convidada!"

"Só passou pra pegar o arrego!"

Enquanto isso, na Vila Tio Sam, alegando perseguição renhida ao líder do tráfico no pedaço, conhecido como Beto Medonho, a polícia invade a área mandando bala pro alto como estivesse num filme faroeste caboclo. Após a exibição de gala, resulta estirado sobre a laje de um bar, onde fazia uma obra de pedreiro, o trabalhador João de Deus.

O dono do estabelecimento, chocado, revoltado, mas nem um pouco acovardado, sai pelas ruas da vila repetindo até ficar rouco:

"Acabaram de matar um trabalhador em cima da minha laje! João estava consertando minha laje! Trabalhando! Eu vi: quem atirou foi o policial!"

Cansado, se senta na calçada. E se pergunta, baixinho:
"Quem vai pagar por isso?"
Você gostaria muito de ter uma resposta, mas também não tem.

"QUE CADA PESSOA QUE ESTEJA AQUI SEMPRE VIVA!"

Sentada nos ombros de um adulto, a pequena Maria, de sete anos, vê o irmão mais velho, Diego Antunes Brito, de dezesseis, ser enterrado no Cemitério Central. O adolescente, que alimentava o sonho de ser craque do Flamengo, foi morto com um tiro nas costas durante uma operação policial na Favela do Buraco. Ao pedir para fazer uma oração, a menina calou os gritos de protesto dos amigos e parentes do jovem e comoveu todos:

"Deus, que cada pessoa que esteja aqui sempre viva bem! Que não perca ninguém assim, desse jeito. Sempre quando alguém estiver assim, bem triste, pega as suas mãozinhas e lava o coração dele. Deus, abençoe quem está aqui. E que todos sejam do bem e não do mal, para que não façam coisa errada", pediu a menina, aos prantos.

Você acompanha pelos jornais que, em dois dias, outras cinco famílias choraram a perda de jovens para a violência na região metropolitana da cidade. E um bebê ficou ferido. Da manhã de um dia à tarde do outro também foram mortos a tiros Daniel Moreira, de dezoito anos, Telmo Costa Carvalho, de vinte e um, Carlos Freitas, de vinte, e Alexandre Canelas, de dezenove anos.

Dois foram mortos pela Polícia Militar, dois foram vítimas de bala perdida a caminho da escola e da igreja, e os outros dois, fuzilados por um grupo de extermínio, provavelmente formado por milicianos, que invadiram uma festa em Lagoa Suja.

Diego seguia para o treino das divisões de base do time no qual sonhava se profissionalizar. Quando foi morto, com um tiro nas costas, esperava o ônibus e levava, na mochila, um par de chuteiras.

"O PM me falou que o meu neto era traficante. Não precisavam ter matado meu garoto. Era só abordar e ver que a mochila dele carregava a chuteira e o dinheiro da passagem", diz o motorista de ônibus Cristóbulo Brito, de sessenta e três anos, avô de Diego, que ainda declara:

"Eu o peguei no hospital quando ele nasceu. Agora peguei ele no colo, morto".

Essa frase invade suas entranhas, como se fosse um punhal de aço.

A jovem Gorete Moreira, de dezessete anos, foi morta durante outra operação da Polícia Militar na comunidade 38, por volta das 19h30. Ela estaria a caminho da igreja, com o filho de apenas um ano e dez meses, no momento em que foram atingidos. De acordo com um parente, que não quis se identificar por temer represálias, Gorete e o bebê teriam ficado no meio do fogo cruzado entre polícia e bandidos, bem no meio de uma rua bastante movimentada.

—

Na Rádio da Cidade, o locutor informa que a Crônica do Dia seria em versos, porque "só mesmo com poesia para enfrentar dias e noites tão negras, turvas e sujas".

E passou à leitura:

Aqui se morre porque não chegou a hora, não chegou a tempo, porque passou um vento. Morre-se sem aviso, sem hora marcada; morre-se aqui de morte matada, como se tão simples a morte fosse.

Aqui se morre porque se encontra a morte, se cruza com a foice, se esqueceu de fugir, ficou a ver, a esperar, a não correr, pois nem aqui nem lá se morre por querer.

Mas se deixa de existir, nas guerras, nos guetos, aqui, longe do céu, perto dos seus, pedindo a Deus, adeus, a Deus, adeus.

Adeus, Diego, Daniel, Telmo, Carlos, Alexandre e Gorete. Adeus. As vidas eram de vocês; a vergonha é toda nossa.

O locutor pede desculpas aos queridos ouvintes pelo fato de a crônica ser tão curta. Diz que o redator não conseguiu escrever mais do que isso, pois ficara emocionado. Que ele também não conseguiria ler muito mais, pois emocionado também ficara.

E recomenda:

– Mas não se emocionem. A emoção atrapalha muito a vida.

Você não quer se emocionar. Por isso abre a janela, respira fundo, levanta a cabeça e contempla longamente o céu antes que ele desabe.

AONDE FORAM PARAR OS SONHOS?

– Por que tu tá nessa, Passarinho? – Porco pergunta.

– Nessa qual, chefe? – quero saber, fingindo inocência.

– Nessa, porra! Nessa vida, nesse trampo, nessas paradas.

– É o meu trabalho, Porco. Trabalho é trabalho. Seja esse ou outro qualquer.

– Porra, Passarinho. Não banca o bobo comigo. Dá pra ver que esse não é, nem de longe, o teu perfil.

– E onde tu aprendeu essa palavra?

– Qual?

– Perfil.

– Ouvi outro dia no rádio.

– Hã.

–Tu até que faz o teu trabalho legal. Mas é só profissionalmente, eu manjo. Passarinho, essa porra não é pro teu bico!

– Que porra, porra?

– Essas atividades, irmão! Tu não é um cara afinado com os princípios da organização.

– Nossa, Porco! Pegou pesado. Princípios de quê?

– Da organização, rapaz! É ou não é uma organização? E organização é ou não é uma palavra mais bacana que milícia?!

– É.

– Tu tá sempre em outro mundo, Passarinho. Em outras estradas, sei lá. Parece que está eternamente sonhando.

– Talvez.

– Sonhos não levam a nada, rapaz. Cai na real.

—

Você vê as notícias impressas nas páginas do jornal, ouve palavras e acompanha imagens nos noticiários da TV, mas se recusa a acreditar. Você sempre acreditou que manda quem pode e obedece quem tem juízo, que os poderes são conquistados quase sempre no voto, porque desde sempre homens entregaram a outros homens, considerados por eles mesmos mais capazes, o poder de decidir o rumo de suas vidas.

Ao mesmo tempo você sabe que os homens sentiram, alguns na própria carne, a força do poder transgressor, do bandido, do mal-intencionado, do falso herói. Agora você sabe que precisa conviver também com um poder que não é um nem outro, mas que rivaliza com todos eles e se impõe pela força – de onde vem, aliás, todo o poder que não foi conquistado.

Você tenta explicar esse intricado de sentimentos e de temores no meio da madrugada quando, sem sono nenhum, resolve se levantar e fazer um café, mas não consegue.

Sua mulher o olha com afeto infinito e imensa bondade. E diz ela, com carinho no olhar, recolhendo as xícaras:

– Vá descansar, meu amor. Esse trabalho está acabando com você.

O MUNDO É GRANDE, É GRANDE DEMAIS

Valdira acorda assustada.

Levanta e caminha pela casa, conferindo possíveis sinais de vida pelos cômodos.

Já é madrugada, e a filha Suélen não está no quarto. A menina foi ao baile funk e até essa hora não voltou.

Bebe água. Bebe leite. Bebe café.

Senta no vaso sanitário e levanta inúmeras vezes. O coração inquieto, os nervos trêmulos, o temor sabe-se lá de quê, o temor, meu Deus, o temor.

Valdira sabe da história de Suélen com o traficante. Sabe das brigas do traficante com outros traficantes. Suélen, tão novinha, no meio disso tudo.

Tão linda, tão sem juízo.

Onde anda sua menina?

Onde anda sua menina sem juízo?

A mãe se lembra do tempo em que também era uma menina sem juízo. Sonha com o tempo da falta de juízo e se pergunta onde andam os seus sonhos.

Aonde foram parar os sonhos?

Como era bom não ter juízo.

Pensa em acordar a vizinha para pedir ajuda, mas lhe falta coragem. Assim, no meio da madrugada, é abuso.

Bebe água, bebe chá, faz outro café, olha pela janela, começa a clarear.

Música ao longe, do baile ou do bar.

Silêncio roendo as paredes.

Um carro para diante do portão e alguém chama pelo nome.

– Sou eu – diz, aflita.

– Suélen mora aqui?

Nem consegue responder.

Os homens já estão abrindo a mala do carro e retirando o corpo, enrolado no plástico preto.

—

Sim. Você reconhece que está exaurido e concorda que o melhor a fazer é ir dormir novamente. Consegue desligar a chave da mente por alguns minutos, porque imagina que o mundo que agora desaba não cairá sobre sua cabeça.

O mundo é grande. É grande demais.

Há uma imensidão de mundos e de pessoas perdidas no mundo, cada uma pensando que é sua a vida que vive, sem saber que nada lhe pertence, nem a própria vida lhe pertence – já que pode ser arrancada de você de uma hora para outra.

É esse o ritmo da cidade em que você vive. Dizem que não é só na cidade em que você vive, mas isso não lhe preocupa.

Aprendeu que o universo se turva logo depois do seu umbigo.

Há tantos mundos neste mundo ainda por desabar. Tantos corpos toscamente embrulhados em plástico preto, alguns escondidos, outros expostos ao relento.

Você não conhece nenhuma Suélen.

É melhor mesmo continuar assim.

NO QUE VOCÊ ESTÁ PENSANDO, MEU AMOR?

– Passarinho, o que faz, exatamente, um vereador?

– Porco, eles são eleitos pelo povo para cuidar dos assuntos da municipalidade...

– De quê?

– Da cidade, Porco. Propõem projetos, leis, acompanham as questões de interesse da população, acompanham e fiscalizam as decisões do prefeito... Quer dizer, deveriam fazer isso tudo.

– Vereadora é a mesma coisa, né?

– Claro, Porco. Existem homens e mulheres vereadores.

– Sei.

– Por quê?

– Por que o quê?

– Essa curiosidade sobre vereador ou vereadora.

– Nada não. Uma parada aí que vamos ter que pensar bonitinho sobre ela. Uma parada aí que vai nos dar dor de cabeça, mas que vamos ter que pensar.

– Porra, Porco! Você pensando é um perigo, com todo o respeito. Quase sempre vem pacote grosso pra gente desembrulhar.

– Pois é. Mais uma encrenca a caminho. Mas esquece, vamos trabalhar!

—

Depois de três conduções lotadas e uma caminhada de quase meia hora, o homem chega em casa, senta no tamborete e descansa os cotovelos sobre a mesa. O copo e a garrafa de aguardente já o aguardam.

Você o acompanha, nessa luta árdua que, pensa, é uma determinação de Deus para que faça de cada indivíduo na terra uma concha do seu rosário.

A mulher pega um tira-gosto frio, sobra do almoço, e põe na mesa num pratinho de alumínio. O homem procura um guardanapo para secar o suor, não encontra, e limpa o rosto com um pedaço de papel de pão.

Ele olha para a mulher com alguma tristeza. A mulher olha para ele com ternura e compreensão. Pensa em perguntar "No que você está pensando, meu amor?", mas se mantém calada. Esboçam um sorriso ao mesmo tempo. Ela pergunta se ele quer que ligue a televisão. Ele diz que não.

Você não diz nada, mas sabe que está comovido.

Permanecem um tempo assim, olhando um para o outro, em silêncio. Que o mundo desabe, se é o que o mundo deseja. Eles é que não irão se incomodar.

—

– Meu marido estava sentado na porta de casa, com o nosso filho no colo. Conversava com dois irmãos dele, enquanto embalava o menino, que tinha a cabeça encostada em seu peito e as pernas estiradas no colo. Os policiais passaram na frente da casa, de carro, e acharam que o meu marido tinha no colo um fuzil. Acreditam? Confundiram a criança de menos de um ano com um fuzil. Então atiraram nele. Meu marido caiu morto prum lado, e o bebê chorando pro outro. E agora, o que vou dizer para o meu filho quando ele crescer? Como explicar que o pai dele foi atingido por um tiro quando o segurava no colo?

A pergunta da viúva é feita ao tempo, e no tempo se perde. Por isso não há quem possa responder. Não há respostas, você sabe.

—

José Vieira Braga, de vinte e dois anos, que trabalhava como DJ, foi baleado durante uma operação da PM na comunidade Nossa Senhora das Graças. Segundo parentes, José estava com uma furadeira, e o objeto foi confundido com uma arma. A irmã do jovem, Carla, disse que ele se encontraria com um amigo para fazer um bico numa obra.

– Estava com um instrumento de trabalho nas mãos quando foi morto. A polícia entra na comunidade em busca de bandidos e acaba matando inocentes.

Em nota, a PM informou que "durante a operação, criminosos armados efetuaram disparos contra a guarnição e houve confronto".

HÁ UM CHEIRO POR DEMAIS DESAGRADÁVEL NO AR DA SUA CIDADE

Sim, você percorreu as trilhas do inferno de Dante nas páginas amareladas daquela edição de *A divina comédia.* Foi na biblioteca do colégio, está lembrado. Você vasculha páginas dos jornais do dia para constatar que o inferno em que vive é infinitamente mais aterrorizante do que aquele. A vida, você aprendeu com a vida, não cabe em nenhuma página literária.

Você sabe que em sua viagem às profundezas do inferno não tem direito a paradas para descanso no purgatório e no paraíso, ao contrário de Dante. Não encontrará no caminho amigos ou parentes que possam lhe dirigir palavras de conforto – quem dera – porque todos estão com a corda no pescoço.

Ao contrário do que aconteceu com Dante Alighieri, o vate Virgílio não virá ao seu encontro, não lhe oferecerá o bálsamo da poesia, não lhe destinará a palavra amiga. Ao contrário do poeta, você não verá o amor, a força e a fé nos olhos de Beatriz. Não "deu mais sorte com a Beatriz", como reza o verso da canção popular de que tanto gosta.

—

– Para onde você vai, criatura, assim tão cedo? – pergunta a mulher.

– Vou à delegacia registrar a perda do meu documento.

– A essa hora? Ainda é madrugada. O delegado nem acordou.

O estivador aposentado João de Deus, de sessenta e dois anos, acorda com um compromisso na cabeça: registrar na delegacia de polícia mais próxima a perda de sua carteira de identidade. Estava há dois dias sem ela, perdida provavelmente no trem, e não era homem de circular por aí sem documento, nesses tempos tão duros para aqueles que não se identificam.

– Isso pode ser resolvido pela internet – diz o filho.

– Obrigado. Mas não confio.

João prefere resolver o assunto presencialmente.

Chegando à unidade policial, vai logo entrando, ansioso, e não presta atenção quando alguém grita para que não entre. João tenta fechar a porta, mas toma um tiro no peito e cai do lado de fora. Morre com uma carteira do Sindicato dos Empregados e Trabalhadores da Estiva nas mãos, com a qual pretendia comprovar quem era.

Claro que o antigo estivador não contava que iria encontrar em seu caminho, justamente dentro de uma delegacia policial, o ex-soldado da Polícia Militar Juarez Barbosa, que abriu fogo a torto e a direito: três pessoas foram baleadas no salseiro, inclusive o próprio atirador. Barbosa fora preso uma hora antes, depois de quebrar uma porta de vidro do aeroporto com a cabeça.

Há um cheiro por demais desagradável no ar da sua cidade, que um dia foi limpa e tinha aroma de maresia.

Algemado e levado por um segurança até a delegacia, Juarez tem as mãos liberadas para assinar o Boletim de Ocorrência. Imediatamente, toma a pistola do próprio policial que tirou sua algema, atirando duas vezes contra o segurança que o levou até lá, na tentativa de acertar o delegado, outros policiais e indivíduos que entravam e saíam no local. Erra o alvo, mas continua atirando. É aí que acerta mortalmente o homem que pretendia apenas comunicar a perda de uma carteira de identidade.

Procurado por um vizinho que viu o corpo na porta da delegacia, um dos cinco filhos de João corre para o local. Cai em prantos ao ver o pai morto.

Não é seu o pranto do filho, você sabe. São muitos prantos espalhados pelos infindáveis cantos da cidade onde você vive. Tem certeza de que é melhor não ouvi-los, não se envolver com eles, não chorar com eles.

Seria ruim, muito ruim, para a saúde. E você sabe que é urgente se manter vivo.

—

A moça liga o rádio no programa Ronda da Cidade, no momento exato em que o locutor lê a Crônica do Dia, e conclui:

A cidade está se espatifando.

"Que nem a cristaleira", pensa ela. "Só espero que não digam que terei que pagar o prejuízo."

E sorri.

A velha lê os seus pensamentos e sorriso. Depois sorri também.

A velha não está preocupada com um móvel mais antigo do que ela nesses dias e noites de cristais espatifados. Compra outra amanhã? A velha não está preocupada com o amanhã.

A moça também não. E você?

O que esperar de um tempo em que bebês de colo, no colo dos pais, são confundidos com armas de guerra?, pergunta o locutor da Crônica do Dia.

O que você espera? Ainda espera? Você tem esperanças?

A velha e a moça olham para as paredes, para o teto, olham pela janela. Nada a dizer uma à outra.

A moça também sabe o quanto é urgente se manter viva.

OS SETE MENINOS

Quando ouvi no rádio, na manhã seguinte, que os mortos eram sete meninos e jovens entre doze e dezoito anos, senti uma pressão na nuca. Lembrei do ritual da minha infância, que se repetia todo 27 de setembro, dia de São Cosme e São Damião. Em homenagem aos santos, minha mãe cozinhava um prato típico chamado caruru, com muito camarão seco, dendê, quiabo, temperos e castanhas, e chamava sete crianças da rua para comer. Quer dizer, chamava seis, porque o sétimo menino era sempre eu.

Ainda digeria a notícia indigesta quando Porco empurrou a porta, espaçoso como sempre. Tinha mania de invadir a minha casa como se fosse a da sogra. Um dia alguém teria que acabar com isso, já que me faltava coragem.

Já entrou deitando falação:

– Parece que deixamos escapar um puto de um moleque que está no hospital. Se ele viu a cara de alguém, e se bater com a língua nos dentes, pode dar merda.

Eu ainda pensava em minha mãe e no caruru dos santos:

– Morreram sete meninos, Evaldo.

– Evaldo?! Desde quando? Só quem me chamava de Evaldo era meu pai.

– Nem sua mãe?

– Não. Ela me chamava de Dinho.

Prendi o riso, e o chefe continuou:

– Você está careca de saber que o meu nome é Porco, caceta. Com p maiúsculo.

– Sete meninos, cara.

– Isso não é conta de mentiroso?

– Nós matamos sete inocentes.

Eu não poderia mesmo esperar outra resposta do animal insensível:

– Drama de consciência, Passarinho?! Era só o que me faltava.

Porco ligara na véspera, no começo da noite:

– Hoje durma com as galinhas. Passo aí na madrugada para te pegar. Trabalho especializado.

– De madrugada?

– Serviço extra, meu chapa. Com direito a pagamento de adicional noturno.

E desligou.

Quando entrei no carro, ele perguntou se eu sabia rezar, informando que o tal serviço extra seria feito na porta de uma igreja. Quando deu a partida no carro, duas viaturas da polícia nos acompanharam.

– Para onde vamos, chefia, com direito até a segurança policial? – perguntei.

– Vamos ajudar os companheiros aí a acabar com a raça de uns bandidinhos que dormem na rua.

– Por quê?

– Porque ontem eles quebraram o vidro de uma patrulha do quinto BPM.

– Só isso?

– Acha pouco?

– Quebraram por quê?

– Em protesto pela prisão, na véspera, de outros moleques da mesma quadrilha de malfeitores. Entendeu?

– Malfeitores ou apenas moleques de rua?

– Isso não nos interessa, Passarinho. Vamos só fazer a nossa parte, ajudando os rapazes aí a fazer a parte deles.

– Vai dar sujeira, Porco.

– Qual a novidade? Na sujeira já vivemos, parceiro.

"Um dia largo de vez essa merda", pensei.

Mas não falei nada para não esticar a conversa.

Porco disse que escolheu o local do novo encontro, o bar na esquina da Salvador de Sá com a Heitor Carrilho, porque o guarda penitenciário que iria ao nosso encontro, o tal Rato, estava de plantão logo ali, no presídio Frei Caneca.

– É lá que o Sanhaço está engaiolado. E esse é o assunto que vamos tratar com o guardinha. Copiou?

Balancei a cabeça. Claro que eu já desconfiava do péssimo arranjo.

Sanhaço participou conosco do salseiro na calçada da Candelária. Denunciado por alguém ou envolvido em outra covardia qualquer, foi parar atrás das grades. Mas o chefe não é de deixar os amigos no desvio. E tem mais: entendia de botecos como ninguém, especialmente daqueles bem vagabundos.

– Nesse pé-sujo servem a melhor batida de maracujá e a melhor rabada com polenta e agrião do Estácio – completou, com um sorriso que mostrava dentes e gengivas malcuidados.

Era um sujeito imenso e desajeitado. Tinha uma maneira engraçada de sorrir, por etapas, como se fosse uma risada de gago, alisando a enorme barriga e apertando os olhos, o que realçava o ar de retardado. Precisava ver a pose do bicho no bar cumprimentando o dono da casa e o único garçom, me puxando para uma mesa de canto e pedindo logo duas batidas de maracujá, sem sequer perguntar se eu queria.

Acendeu um cigarro, nem aí para o pessoal que almoçava em volta, e o garçom se aproximou. Achei que iria reclamar. Em vez disso, colocou um cinzeiro sobre a mesa e levantou o dedão de de positivo para o freguês folgado.

Porco estava cheio de moral.

Rato chegou, com um jeito meio seboso, me olhando de banda. Para tranquilizá-lo, entre um arroto e outro, o chefe falou que eu era "irmão, de confiança e do esquema". Rato ensaiou um sorriso falso e perguntou se estava tudo beleza.

Calado eu estava, calado fiquei.

Vieram mais batidinhas e as rabadas, fumegando em travessas de alumínio. Eles falaram um monte de besteiras, riram a valer, se sacanearam por causa dos times de futebol, trocaram confidências e mentiras sobre seus desempenhos sexuais e, quando menos se esperava, Porco entrou de sola no assunto. Queria saber por que motivo Sanhaço continuava em cana, "se o acerto já fora feito conforme o acertado".

Senti o peso de uma nuvem carregada se espalhar pelo salão. Rato parecia uma ratazana acuada. O outro tinha gana de caçador. Perguntou se o carcereiro sabia que palavra era coisa séria, em alguns casos até sagrada.

O roedor desceu do trono, esqueceu um pouco o sebo e pediu desculpas alegando que, "apesar de o acerto ter sido acertado", o negócio emperrou porque "o doutor achou pouco" e queria mais algum para liberar as chaves da gaiola e mandar o nosso amigo para casa.

– A situação dele é complicada, Evaldo.

– Evaldo porra nenhuma. Meu nome é Porco.

– Tinha muita droga no meio. E há acusação de assassinato, sabe como é.

– Não, não sei como é. Não mexo com essas coisas, como você sabe. Só faço trabalho limpo. Mas o Sanha é meu parceiro noutras paradas.

– Se dependesse de mim... O problema é o doutor.

– E por que você não manda esse doutor ralar a bunda no cimento? – o chefe roncou, engrossando a voz e a veia do pescoço.

– Relaxa, irmão, que isso se resolve – Rato fingiu que nada acontecia, apesar de o bar inteiro estar de olho na nossa mesa

Para quê? O homem estava mesmo endiabrado:

– Pega o celular agora e liga pra esse bosta! Liga agora! Diz que trato é trato, que cumprimos a nossa parte e queremos o coligado na rua amanhã bem cedo. Diz que eu sei onde ele mora com a filhinha gostosa, o filhote fresco e a safada da mulher dele. E que estamos dispostos a botar pra quebrar.

– A essa hora ele deve estar almoçando – disse o carcereiro, mansinho que só vendo.

– Foda-se! Liga agora! Agora!

Rato ligou, o doutor atendeu lá de não sei onde. A conversa entre os dois parecia sem futuro:

"Sei, sei, entendo, pois é..."

Porco fumava e virava maracujá para dentro, enquanto eu mastigava palito, um hábito antigo. O cheiro terrível que vinha do banheiro me dizia que aquele encontro não acabaria bem.

Rato desligou o telefone, com ar de quem sai de um enterro, e encarou o interlocutor, nervoso:

– O doutor continua com a mesma história. Que a grana foi pouca, que tem muita gente para entrar na divisão, que você precisa providenciar aí um reforço do mesmo valor.

Batucando com o garfo nos ossos da rabada, Porco chupou o dente canino, mais uma mania nojenta que ele tinha.

– Vou mijar – anunciou para o bar inteiro.

No caminho para o banheiro, apertou a mão do comerciante, que sorriu, agradecido e reverente. Rato aproveitou e se virou para mim:

– Notei que o homem aí te considera. E que tu é tranquilo. Pede a ele para pensar melhor, arrumar mais um troco e acabar com essa encrenca.

Pensei em dizer que não me meto nas questões financeiras, que o meu departamento é outro, mas não disse nem que sim nem que não. Cuspi o palito mastigado e botei outro na boca. Porco demorou muito no banheiro, não deve ter ido apenas urinar, pois voltou com a expressão tensa e os olhos muito vermelhos. Sentou-se e colocou a mão em meu ombro, como se fosse falar alguma coisa.

Retirou a mão do meu ombro, virou de uma talagada só o copo de batida de maracujá que o garçom havia acabado de trazer, e ficou olhando para Rato, bem no meio dos olhos dele, até o outro não aguentar e abaixar a cabeça. A cena seguinte, com o diálogo curtíssimo, deve ter durado pouco mais de um minuto:

– O doutor sabe que você está almoçando comigo?

Sabe.

– Sinto muito, amigo, mas vou ter que mandar um recado na linguagem que ele entende.

Ninguém viu, mas já estava com a arma na mão, encostando-a na têmpora do carcereiro. Um tiro só.

Aí foi aquela lambança, a porcaria toda se misturando com a rabada no prato da gente. Bateu no meu ombro e disse:

– Vamos, Passarinho. Perdi o apetite.

Passando perto do balcão, cochichou para o comerciante, que estava trêmulo:

– Depois eu pago tudo, Preá, inclusive a sujeira e o prejuízo.

—

Quando entramos no carro, ele abriu os vidros, acendeu um cigarro e rosnou que detestava gente sem palavra. Em seguida, virou-se para mim:

– Passarinho, se eu te disser que sou um cara sensível, tu acredita?

– Não.

– Pois acredite. Até gosto de poesia.

– Duvido.

– E gostei da poesia que tu escreveu.

– Que poesia, Porco? Tá viajando? Que foi que tu fumou naquele banheiro?

– Lindos versos: "Não sei você, mas eu sei que fui por muitos dias e noites o maltrapilho amnésico de Paris, Texas, zanzando a esmo, quando pandemia nem havia". Gostei, Passarinho. Tu é foda. Estamos sempre zanzando a esmo, né não?

– Onde você viu isso?

– Na tua casa. Futuquei as gavetas enquanto tu se arrumava.

Ligou o rádio e ficou mexendo no botão até achar uma música, que foi acompanhando no assovio. Nessa hora a turma de pivetes encostou, todos armados. Tentei levantar o vidro, mas não deu tempo. Só ouvi os pipocos e vi o cérebro do chefe se espalhar pelo para-brisa, painel e bancos do carro, caindo no meu colo.

Contei os meninos: sete.

—

Naquela hora me dei conta de que quase nada sabia da vida daquele sujeito que sabia tanto de mim, que invadia tanto a minha vida. Teria um pai, uma mãe, uma companhia, um irmão a quem eu pudesse entregar o corpo?

Lembrei de uma foto que ele vez ou outra exibia, orgulhoso, em momentos em que fazíamos hora dentro do carro; ele aguardando ordens da organização, e eu dele. Procurei no fundo do porta-luvas, e lá estava ela: uma moça bonita, morena de cabelos pretos, que ele dizia ser sua filha. No verso da foto havia um número de telefone.

Liguei e fui o mais breve que pude. Informei onde o carro estava estacionado com o corpo do pai. Que ela tomasse as devidas providências.

– Mas vocês eram amigos? – ela perguntou.

– Na vida de seu pai não havia lugar para amizades. Ele só tinha comparsas.

Bati a porta do veículo, que tantas vezes me serviu de transporte, e me afastei o mais rápido que consegui. Não sei se fiz bem ou mal. Dúvida que sempre tive com relação a tudo o que aconteceu durante tantos anos ao lado de Porco.

O que você faria?

SERIA TRÁGICO SE NÃO FOSSE FICÇÃO, E NÃO É

Naquela noite de sexta-feira você voltava para casa feliz, após um dia de trabalho em que fez grandes e pequenas coisas. Uma menina de oito anos, chamada Ágatha, também voltava toda animada para casa, no Complexo do Cramulhão, acompanhada da mãe. As duas estavam numa Kombi, dessas que fazem transporte de passageiros, quando um tiro de fuzil (daqueles que mandatários facilitam cada vez mais a importação, a compra e a venda; perfeito para mirar na cabecinha alheia como um mandatário recomendou) acabou com a alegria da menina, da mãe, do dia que poderia acabar bem melhor.

Segundo moradores do Cramulhão, não havia confronto àquela hora na comunidade. Dizem que o policial teria feito um único disparo em direção à motocicleta, que não obedeceu à ordem de parar. Ágatha foi levada para um hospital, de onde saiu morta. O locutor do programa Roda da Cidade encerrou a Crônica do Dia com o desabafo do avô da menina, feito ainda na unidade de saúde:

Mataram uma inocente. Uma garota inteligente, estudiosa, obediente, de futuro. Onde estão os que fizeram isso? A voz deles é a arma. Não é a família do governador, do prefeito ou a dos policiais que está chorando. É a minha. Eles vão pedir desculpas, mas isso não vai trazer minha neta de volta. Foi a filha de um trabalhador. Ela falava inglês, tinha aulas de balé, era estudiosa. Vão dizer apenas que uma criança morreu no confronto.

Você sabe que tudo isso seria trágico se não fosse ficção. E não é. O avô da menina, o pai do menino, a mãe do rapaz, a tia do garoto, a madrinha da moça, o vizinho do operário, a viúva do trabalho, os amigos todos se perguntam quem de nós será o próximo.

Você levanta a cabeça e segue em frente. Mas não sabe para onde, pois a surpresa pode brotar em qualquer caminho.

—

Chegaram lá em casa, um magrinho e outro de bigode, bateram na porta e desembestaram a falar, a princípio, educadamente. Disseram que no dia tal, a tal hora, eu fui até o comércio no centro da cidade encomendar botijão de gás, desrespeitando e desobedecendo – assim mesmo, desrespeitando e desobedecendo – as regras que eu tão bem já conhecia.

Perguntei que regras eram essas e o de bigode disse que repetiria mais uma vez, com visível irritação na hora do "mais uma vez", que o gás tinha que ser adquirido todo mês no depósito deles, "da organização". O magrinho frisou, quase soletrando:

– Or-ga-ni-za-ção!

Eu disse que lá na distribuidora do Centro eu podia fazer encomenda, deixar paga, e eles entregavam o botijão na minha casa. Que no depósito da or-ga-ni-za-ção eu tinha que colocar o botijão na cabeça e carregar até em casa. Que isso ficava muito puxado e difícil para uma mulher da minha idade.

O de bigode disse que esse problema eles não tinham como resolver.

O magrinho sorriu, meio envergonhado.

Deram as costas e seguiram o caminho deles.

—

– Estamos tristes com o senhor, seu Ernesto – o homem disse.

Fingi que não entendi e o outro homem, que parecia mais calmo, explicou que, como já fora muito bem ex-pli--ca-do, eu deveria "comparecer" com os trezentos combinados toda semana. Trezentos o quê, ele não disse. Mas é claro que entendi.

Pensei em dizer que não havia combinado nada com ninguém, no que estaria sendo absolutamente verdadeiro, mas prudentemente me fiz de bobo:

– Vou tentar arrumar os trezentos. O movimento aqui anda muito fraco, quase se arrastando...

– No caso, seiscentos! – o gordinho me cortou. – Afinal, completou duas semanas.

Deram as costas e seguiram o caminho deles.

—

Enquanto prepara o chá da velha, a moça cantarola:

"Salve os caboclos de julho
Quem foi de aço nos anos de chumbo
Brasil, chegou a vez
De ouvir as Marias, Mahins, Marielles, malês"

– É o samba da Mangueira! – diz, parando de cantar.

A velha tem os olhos brilhantes.

– A senhora gostou, não foi? Sei que gosta. A senhora tem bom gosto.

A velha tem os olhos molhados.

– Chore não, minha flor. Tudo de ruim vai passar. Vai passar.

A velha tem os olhos iluminados em direção à moça.

– Chore não. Daqui a pouco a peste do seu filho chega e vai pensar que lhe maltratei.

—

A primeira coisa que fiz quando cheguei em casa foi procurar o telefone do tal do inspetor Urso, com quem Porco tinha relações muito próximas. Ele disse que estava em uma diligência, acompanhado do delegado, e ordenou que eu fosse breve.

– Apagaram o Porco!

– Como você sabe?

– Eu estava do lado dele na hora.

– Qual a sua relação com ele?

– Trabalhei com ele um tempão. Para a mesma organização de vocês.

– Tem organização nenhuma. Tá falando demais, menino.

– Não sou mais menino.

– Que bom. Deve ter idade suficiente para conhecer todos os itens do pacto de silêncio. É fundamental para continuar vivo.

– Vejamos...

– Como é o teu nome?

– Passarinho.

– Então fecha o bico. Quem apagou o Porco?

– Sete meninos.

– Como?

– Foram sete meninos.

Desligou na minha cara.

ALGUÉM VAI TER QUE PAGAR POR ISSO

Os piores momentos são durante as tardes de domingo, quando tem jogo do Flamengo. A saudade vem com tudo, mergulhada na lembrança do ritual: quando o jogo era na cidade, ele ia ao estádio com os amigos (quando pequeno, ia com o pai). Se o jogo fosse fora, assistia pela televisão; às vezes, em casa. Sempre me pedia para fazer pipoca ou bolo, outras vezes saía para ver na lanchonete com os colegas da rua ou da escola.

Meu filho era cheio de vida, cuidava da saúde, não bebia nem fumava (sequer cigarros! Era traumatizado porque o pai morreu de vícios!) e ganhava o dinheirinho dele fazendo entregas para a loja de águas aqui da comunidade. É mentira deslavada e descarada essa história de que o Bruno estava metido com o tráfico. Nunca. Nunquinha.

São mentirosos, além de assassinos.

—

O nome dele era Tiago. Era, não. É. Para mim, meu filho está tão vivo que a qualquer momento vai entrar por aquela porta, assoviando e perguntando a que horas sai o almoço. Para comer logo e voltar pro trabalho.

Pro tra-ba-lho. Meu filho trabalhava. Não era "avião de movimento", como saiu no jornal. Só que quem passou a informação para o jornal foi a polícia. A po-lí-cia. Por que os jornalistas não vieram falar com a família, ao invés de procurar exatamente os matadores do Tiago? É assim que a banda toca? Onde já se viu isso? Desde quando a informação deles pode ter mais credibilidade do que a palavra da mãe?

O meu filho trabalhava com o pai. Serviço de aluguel e conserto de bicicletas. Não sei dizer ao certo por que eu e o pai dele não nos entendemos. Ficou ruim desde que nos separamos. Separados e brigados, sabe?

Mas o Tiago trabalhava. Estava sempre com um dinheirinho no bolso. Sempre pouco, mas não faltava. Dava para frequentar o baile, que ele gostava tanto, para ir ao parque ou ao cinema. E, de vez em quando, comprava um tênis ou uma camiseta.

Confesso que eu não apreciava muito essa mania de baile funk. Mas Tiago não me ouvia. Mandei mais de uma vez recados para o pai dele pedindo que o aconselhasse. Mas nem sei se me dava atenção; provavelmente não.

Contaram que teve uma briga. Que um homem conhecido por ser da polícia e da milícia, ao mesmo tempo, tomou as dores do sujeito que brigou com o meu filho. Só que o sujeito, vejam vocês como são as coisas, era do tráfico; e então o esperou na saída do baile.

Depois, só sei o que vi: o corpo do meu Tiago estendido aí na porta, trazido pelos amigos dele. O senhor sabe o que é para uma mãe ver o corpo do seu filho estendido na porta de casa, furado de balas. Consegue imaginar?

Consegue não. É além a imaginação.

—

Era só eu e ela. Ela e eu. Desde que a mãe morreu. Virei pai e mãe de uma hora para a outra. Amigo, conselheiro, tudo. Ela me contava o que fazia ou deixava de fazer, relatava a vida tim-tim por tim-tim, coisa rara para os dias de hoje. Tenho um menino também, André. Mas esse eu não sei por onde anda. Perdi pro mundo, pro desvio, pras coisas ruins.

Sobrou Andréa. Minha luz. Meu caminho.

Por isso estou sem estrada, sem rumo, sem enxergar um palmo à frente, sem saber para onde ir. Sem saber sequer onde ficar, caso não queira ir para lugar nenhum. Que nem nos versos do poeta português do livro de minha infância: "Não sei por onde vou; sei que não vou por aí."

Não sei por onde vou. Mas sei que quando conseguir dar o primeiro passo será em direção à morte. Irei atrás dos que tiraram minha filha de mim. E, com certeza, vão tirar a minha vida também. São profissionais.

Ninguém pagará por isso. Nem pelo que fizeram com ela nem pelo que farão comigo, quando eu os encontrar. Pelo menos não padeço de desmiolada esperança. Não tenho ilusão.

—

– Apenas uma criança que foi impedida de sonhar – disse o pai do menino, entre lágrimas.

O carro de reportagem atrai olhares curiosos. Algumas pessoas se solidarizam com a dor do homem, umas tentam entender o que está acontecendo, outras se colocam estrategicamente na frente da câmera para serem reconhecidas logo mais no telejornal.

– Coloquei meu filho no carrinho de bebê e parei em frente a uma barraca para comprar algodão-doce. Quando ouvi os tiros, corri, empurrando o carrinho. Só quando parei me dei conta de que o meu bebê tinha sido atingido.

O homem continua chorando. A mulher, que volta das compras, põe a sacola no chão e seca um olho com o lenço.

O passante curioso, que procura o foco da câmera, se contorce todo, pesquisando qual o seu melhor ângulo.

– Só quando parei, me dei conta. Polícia diz que foi bandido. Bandido diz que foi polícia. Meu filho só tinha um ano, gente. E agora, como vou ficar? Um ano.

As luzes se afastam e se apagam. Os curiosos também se afastam. No áudio, ainda a voz molhada do pai:

– Alguém vai ter que pagar por isso.

APROFUNDARAM O BURACO NEGRO

O campinho de futebol fica às margens da rodovia que leva à cidade. Trechos cobertos de grama seca e rala, outros pelados, macas de cal feitas pelos moradores das redondezas, travessões de madeira e redes de náilon comprados em mutirão.

Atrás do gol tem uma mangueira bem bonita, cujas folhagens às vezes engolem bolas chutadas em sua direção. É de lá, tentando resgatar a pelota, que o menino vê a procissão de tanques militares – carregados de homens fardados, segurando fuzis apontados para o céu – seguir em frente, se arrastando de forma triunfal.

Depois da pelada e do banho, durante o almoço em família, o menino relata o seu espanto e admiração com o desfile, jamais visto por ali.

O pai do menino, que assiste à televisão, diz:

– Vi aqui, ainda há pouco. É a intervenção. Estão chegando para dar um jeito na cidade, no estado. Tomara que deem logo um jeito no país e no mundo, que tirem a gente desta merda de vida, deste viver sempre com medo.

O avô interrompe a leitura do caderno de esportes do jornal para profetizar:

– Vai melhorar porra nenhuma! Já vi um desfile de tanques, assim, que nem esse, exatamente nessa estrada, só que há cinquenta anos. Nenhum de vocês existia ainda. Sabem o que resolveu? Porra nenhuma. Aprofundaram o buraco negro no qual estamos enfiados até hoje.

Lá vem o céu desabando, e nem é noite ainda. Não se sabe se é chumbo o véu escuro, se as montanhas se fecharam, se serão fechados os túneis. Não se sabe.

O céu desaba, inclemente, e quem puder que se defenda.

Você também vê o desfile e ouve dizer que os tanques vieram para ficar. Que a violência do mundo está com os dias contados e que não haverá mais espaço sobre a terra para os que praticam o mal.

—

Enquanto isso, no Reino da Fantasia:

– É só mirar na cabecinha e... fogo! – diz o futuro mandatário, o governador da Província, Exterminador do Futuro, na entrevista à televisão, logo após eleito.

O governador faz pose de xerife para os flashes que iluminam os seus dentes alvos; a faixa atravessada no peito. Garante, na entrevista inicial, que vai combater o crime com todas as forças. Policiais estarão armados até os nervos em cada esquina para enfrentar o mal que se alastra: o tráfico, os anormais, deformados, degenerados, desalmados, vagabundos. Os pobres, enfim.

Sobre a milícia que avança sedenta e sanguinária sobre a Província, nenhuma palavra.

Você faz parte do imenso grupo que lê jornais e revistas, que ouve rádio e assiste à televisão, achando que um dia vai esbarrar com uma notícia boa.

—

No mesmo dia e hora, tomou posse no comando geral do Reino da Fantasia o Poderoso Supremo Supremo, ecoando as palavras do Exterminador do Futuro e avançando nas promessas: expulsaria de suas terras todos os vermelhos (seja lá o que isso significa).

QUATRO MINUTOS

– Não sou livre enquanto outra mulher for prisioneira, mesmo que as correntes dela sejam diferentes das minhas – disse a vereadora negra, feminista, mãe de uma filha e gay, no encontro com outras mulheres, a maioria também negras, no local conhecido como Casa das Pretas.

Em seguida se despediu e entrou no carro, acompanhada do motorista e de uma assessora. Já era noite. Estava cansada. O dia foi puxado.

Nesse momento, na casa da velha, tocou o celular e o filho atendeu. Afastou-se do sofá, onde a mãe olhava sem qualquer reação para a imagem aflita da TV, e disse:

– Na escuta.

Então foi comunicado que tão logo o carro com a vereadora – aquela filha da puta, como ele gostava de bradar – deu a partida, e outro carro, com dois amigos seus, um ao volante e outro à submetralhadora, partiu atrás.

—

Imagine você, querido ouvinte, que horas após ter matado com uma gravata o DJ Paulo Henrique Menezes, de dezenove anos, o segurança do supermercado Extravagante, Golias Alves Moreira, saiu pela porta da frente da delegacia de homicídios, após pagar uma fiança de dez mil reais.

Dez mil reais!

Nem os gritos de Marinalva Menezes, implorando que o segurança soltasse seu filho – enquanto ele sofria o golpe conhecido como mata-leão – foram suficientes para salvar o rapaz. Naquela tarde ela parou na praça de alimentação do estabelecimento com o jovem para almoçar antes de levá-lo a uma clínica de reabilitação para dependentes químicos. A mala de Pedro já estava no carro. De repente, ele se levantou e, segundo uma amiga da família, teve um surto, uma alucinação. Em depoimento à delegacia de homicídios, o segurança que lhe aplicou o golpe contou que Paulo tentou tirar a arma dele e, apesar de haver outros seguranças, Golias disse que agiu em legítima defesa.

Legítima defesa!

"Ele está com a mão roxa", implorou Marinalva, tentando salvar o filho. "Ele não está armado!", gritou várias vezes. O que fez o segurança? Ordenou que a mãe se calasse. A ação durou cerca de quatro minutos, querido ouvinte.

Quatro minutos!

TÃO DESGRAÇADOS QUANTO OS OUTROS

A minha vida, a sua vida, a vida pode estar por quatro minutos, você pensa. Como diz o poeta na canção, "pode estar por um segundo".

Será que alguém vai pagar por isso?

Os jovens Pedro, de vinte e um anos, José, de dezenove, e o menor, Antônio (Tunico), de dezessete, moradores do Morro do Desassossego, foram entregues a bandidos do Morro da Paulista, facção rival da favela em que viviam, pelo tenente das forças de intervenção José de Arimatheia Vasconcelos. Os três foram executados na localidade conhecida como Alto da Pedra, com requintes de extrema crueldade.

Comandantes das forças policiais querem que o caso seja julgado pela justiça militar.

Pode isso, Arnaldo? – pergunta o locutor esportivo durante a transmissão do clássico que decide o título.

O nome da moça é Dalva. Trabalha como cuidadora de uma senhora necessitada para, com o dinheiro, ajudar a sua mãe, que também precisa de cuidados, e a filha de cinco anos, que fica com uma vizinha enquanto ela trabalha.

A moça é mãe solteira de uma filha que é tudo para ela neste mundo. A menina é filha de um diretor de bateria da escola de samba onde ela desfila. A moça é muito bonita e sai de destaque no Carnaval. Diretores de ala, de harmonia, de carnaval, disso e daquilo, vivem se engraçando para o seu lado. Até um compositor e o presidente da escola vieram com conversinhas.

"Deus me livre. Errar é humano, mas insistir no erro é estupidez", diz ela para a vizinha.

A moça representa a comunidade em reuniões com autoridades que procuram ajudar (algumas) e, também, com outras que só querem atrapalhar (muitas). É o principal contato de uma vereadora linda e combativa, que tem feito inúmeros esforços para ajudar os moradores a se debater contra a especulação imobiliária; exploradores de diversos calibres, como o tráfico, a milícia e as tantas polícias.

—

Longe daqui, aqui mesmo, pois o mundo inteiro aqui está, imagens de um menino sírio morto em uma praia da Turquia viraram símbolo da crise migratória que já matou milhares de pessoas do Oriente Médio e da África. Essas pessoas, incluindo a família do menino, tentavam chegar à Europa para escapar de guerras, de perseguições e da pobreza.

Longe daqui, aqui mesmo, o mundo desaba na mesma proporção. Estilhaços e escombros são divididos irmãmente entre todas as cabeças, independente da língua que bocejam.

A foto do menino infeliz virou assunto dos mais comentados no planeta e realçou a gravidade da situação, até mesmo com potencial para ser um divisor de águas na política universal para os imigrantes.

– O que são imigrantes, pai? – perguntou o menino à mesa do café; a bola já debaixo do braço.

– São desgraçados, meu filho, que por não conseguirem viver em suas terras saem por aí, enfiando a cara em terras de outras terras, buscando um canto onde possam ser menos desgraçados. Não é isso, pai? – pergunta ao avô do menino.

– Poeticamente, é uma boa definição – diz o velho. – O diabo é que quem já está em suas terras, ganhando cada centímetro para nela ser enterrado, não quer saber de divisões. Às vezes, nem sabem que são tão desgraçados quanto os outros.

Pedindo licença para incluir um "tema internacional de grandeza e profundidade" no assunto em pauta, o locutor da Crônica do Dia lê para os seus ouvintes:

—

Se as imagens com poder extraordinário de uma criança morta levada a uma praia não mudarem as atitudes da humanidade com relação aos refugiados, o que mudará? As fotos são um forte lembrete de que, enquanto os líderes europeus progressivamente tentam impedir refugiados e imigrantes de se acomodarem no continente, mais e mais refugiados estão morrendo em seu desespero para escapar da perseguição e alcançar a segurança.

—

A mulher corre o olhar apalermado, ora para o rádio, ora para a moça. A moça se levanta e desliga o rádio.

A mulher parece esperar uma explicação, com o semblante nublado.

– Está tudo assim – diz a moça. – O mundo desaba aos pedaços sobre o mundo inteiro.

TALVEZ ATÉ SEJA MELHOR NÃO SAIR DE CASA

Você que ouve rádio, lê jornal, revira páginas e páginas no território tenso e nebuloso da internet, sabe que o mundo desaba sobre o mundo em velocidade espantosa. Que o número de tragédias, de dores e tristezas aumenta entre um cochilo e outro.

Você sabe o quanto é difícil chegar ao trabalho, porque são inúmeros os corpos abandonados nas ruas que precisam ser empurrados com os pés para desobstruir os caminhos, desimpedir os banheiros e os esgotos.

É preciso fazer isso na ida para o trabalho e, também, na volta. Você sabe. Talvez até seja melhor não sair de casa.

Você sabe.

—

O homem se serve de uma dose de aguardente e toma uma talagada. Pesca um tira-gosto no pratinho de sobremesa: isca de fígado já de cor duvidosa. A mulher pergunta por que não quer que ela ligue a televisão. Ele responde que chega de ouvir falar em balas perdidas.

—

Quando a vizinha disse "Corre lá, comadre, que o teu filho foi baleado", a mãe não acreditou. Afinal, o menino estava ou deveria estar na escola.

Mas foi baleado. Foi na escola. A bala perdida encontrou o moleque, que se divertia no recreio do colégio público.

A mãe enterrou a cabeça no tanque onde lava as roupas – dela e dos filhos – com sabão em pó. E assim ficou, segundos eternos, até os olhos arderem, o nariz começar a coçar e a cabeça explodir num pudim de sangue.

O menino foi baleado? Foi. Meninos são baleados a todo instante. E meninas também. Mas dentro da escola? Sim. Também acontece.

—

Um policial militar morreu após furar bloqueio armado e atirar contra militares do Exército durante operação estratégica das forças de segurança, na comunidade do Grelo da Gata.

De acordo com informações do general Nestor, um dos responsáveis pela operação, o soldado Diego Garcia das Mercês, que estava em um carro, furou dois bloqueios sucessivos dos agentes das forças e bateu em outro veículo. Houve então troca de tiros entre ele e os soldados.

O policial foi atingido e morreu no local. No carro do PM foi encontrada uma pistola com registro da corporação e rádios transmissores. Diego, que era motorista do comandante do seu batalhão, estava a caminho do trabalho.

—

O velho avô do menino desligou o rádio e disse:

– Eu sabia que ia dar merda. Só não sabia que seria tão depressa.

– O que foi que o senhor disse, meu pai? – perguntou o filho do velho.

– Nada. Pensei alto.

– Pai, vou jogar bola – disse o menino batendo a porta.

UM MENINO GRITANDO, UM GRITO ECOANDO

Dalva, a fiel cuidadora, desligou o rádio e desabafou:

– Começou. Sabia que mais cedo ou mais tarde iam devorar uns aos outros, iam se moer, remoer e mastigar, devorar-se entre si.

A velha balançou a cabeça, concordando:

– A senhora concorda comigo? – perguntou a moça.

A velha repetiu o gesto.

Dalva sorriu.

—

O pai do policial Diego, o aposentado Genival das Mercês, comentou durante o enterro:

– Meu filho era um militar, não iria passar por um bloqueio do Exército se não tivesse achado que a blitz era feita por traficantes. Ele achou que estava cercado de bandidos. Será que precisavam atirar?

—

O filho do homem morto ficou gritando na rua:

"Mataram meu pai, mataram meu pai, mataram meu pai, mataram meu pai, mataram meu pai, mataram meu pai, mataram meu pai!"

O vídeo gravado por um morador da rua mostra a criança em desespero, gritando "mataram meu pai, mataram meu pai, mataram meu pai, mataram meu pai, mataram meu pai, mataram meu pai, mataram meu pai!"

Nas imagens, um PM ajuda a criança e depois a entrega para uma mulher. O garoto não foi ferido na ação. Uma testemunha afirma que o menino ainda não entendeu completamente que perdeu o pai. A mulher da vítima foi até o local do crime, mas passou mal ao ver o corpo do marido.

Dizem que até hoje quem passa por aquela rua escuta a voz de um menino gritando, um grito ecoando:

"Mataram meu pai, mataram meu pai, mataram meu pai, mataram meu pai, mataram meu pai, mataram meu pai, mataram meu pai!"

NEM IMPORTA MAIS SABER

A primeira mulher grávida descia do ônibus para atravessar a rua, na zona norte, em direção à maternidade onde faria os exames, quando a procissão vermelha de carros cuspindo fogo atravessou a avenida, avançou o sinal, destruiu os muros, acertou a mulher bem no ventre e o sangue lavou a calçada daquela rua que andava tão abandonada.

Acertou o feto também.

A segunda mulher grávida teve o carro interceptado quando voltava para casa, depois de passar o dia limpando fezes e tratando feridas no *bunker*, onde trabalhava como enfermeira. Um dos tiros acertou o coração da segunda mulher, já de si tão machucado.

O feto não resistiu.

A terceira mulher grávida estava entre o sexto e o sétimo mês, foi baleada na cabeça durante troca de tiros na rua em que morava, na zona oeste, quando ela entrava ou saía de casa, quando entrava ou saía da vida, menina ainda, gravidez peralta e precoce.

O menino de quase um quilo está ligado a aparelhos, lutando pela vida com algumas gramas de esperança.

A quarta mulher grávida assistia à novela das seis no sofá da sala, dentro de casa, no mais absoluto recato e refúgio, ela e a barriga dela, ela e os sonhos dela, ela e a bala que entrou não se sabe por onde. Nem importa mais saber.

Tentaram salvar o bebê. Tentaram bastante.

QUEM PODE NESTE MOMENTO ESTAR CHORANDO POR ELE?

BALAS PERDIDAS MATAM TRÊS ADOLESCENTES!

Se Deus está do nosso lado, quem estará contra?

Comecemos com o caso do menino Tomaz. Conta-se assim: Rosângela Lúcia de Souza Santos, de trinta e seis anos, contou emocionada como foram os últimos momentos do filho, de quatorze anos, morto após ser atingido por uma bala perdida no Beco do Salseiro, que fica na localidade conhecida como Cidade do Pai. Segundo ela, o garoto estava se divertindo quando foi atingido nas costas, no momento em que começou uma troca de tiros.

– Meu filho estava brincando na pracinha, à noite, quando começou o tiroteio. Ele veio correndo e gritando "mamãe, mamãe, levei um tiro. Eu não quero morrer, fala com Deus!" Levantei a camisa dele e não vi nada. O tiro foi nas costas. Esperamos quase uma hora por socorro, mas ninguém ajudou – contou a mulher, que está desempregada e sustenta os cinco filhos com a venda de salgadinhos:

– O sonho do meu filho era ser jogador de futebol, mas o que ele mais queria agora era ter um quarto só dele. Estávamos construindo um barraco.

Se Deus está do nosso lado, quem estará contra?!

—

No mesmo dia, um adolescente morreu depois de ser atingido por uma bala perdida no Morro da Esperança, na Vila da Santa. Wolney Araripe Fonseca, de dezesseis anos, estava na casa de um amigo, na localidade conhecida como Monturo. Ele chegou a ser levado para o Hospital Getúlio Vargas, mas não resistiu aos ferimentos.

Em nota, a Polícia Militar afirma que, no momento do crime, policiais que atuam na área, "em minucioso trabalho de pacificação", estavam na região e foram atacados por criminosos.

Se Deus está do nosso lado, quem estará contra?!

—

Um pouco mais tarde, pertinho dali, o policiamento na Favela do Beiçudo pediu reforços durante a madrugada, após uma noite de violência que deixou um adolescente morto, além de três policiais militares e um suspeito feridos. Sabe-se que o garoto tinha dezessete anos. Não se sabe o nome, muito menos quem pode neste momento estar chorando por ele.

Se Deus está do nosso lado, quem estará contra?!

—

– Seu nome é Dalva, não é? – pergunta o filho da velha.
– Manjo você da escola de samba. Frequento a área.

– Eu sei – ela diz. Também manjo o senhor.

– Bom saber.

– O seu nome é Celso, não é? Celsinho Beira-Rio. Conheço sua fama.

– Então já sabe que sou famoso.

– Sei. E sei de onde a fama vem.

– Então comporte-se.

—

A expansão das milícias entre nós já é reconhecida como a principal ameaça por 29% da população que vive em comunidades, é o que revela uma pesquisa feita. O levantamento também mostra que os conflitos armados afetam direta ou indiretamente a grande maioria da população, que não se sente mais segura, mesmo depois de tantas intervenções federal, estadual e municipal na segurança pública.

Pelo visto, queridos ouvintes, promessas mirabolantes de armar a população para combater as armas não estão funcionando.

A pesquisa perguntou aos entrevistados se eles tinham mais medo de milícias, do tráfico de drogas, da polícia ou de todos em igual medida. No caso dos moradores de comunidades, os milicianos já aparecem numericamente à frente dos traficantes, citados por 25% dos ouvidos. Pagos para garantir a segurança da população, os policiais são as figuras mais temidas por 19% dos moradores de comunidades. Enquanto isso, 21% dos entrevistados dizem temer todos os citados igualmente.

Ou seja, queridos ouvintes, sobra temor e insegurança.

CINCO NÃO PAGA UMA CERVEJA

Sergio de tal, vulgo Mancha, de dezesseis anos, atormentou a paciência da mãe, Helenice, de trinta e nove, a tarde inteira, até ela concordar em lhe passar os cinco reais que estavam destinados à compra do leite.

O menino disse que precisava do dinheiro para tomar uma bebidinha no baile funk, que depois faria um favorzinho para um amigo e seria recompensado com uma nota de vinte. Pagaria com juros, portanto. Helenice dificultou a entrega, mas Mancha ameaçou e ela sentia medo do filho.

Sergio de tal ficava muito nervoso quando queria se divertir e não tinha dinheiro. Nervoso e violento, era melhor evitar.

O menino colocou bermuda, camiseta do time e tênis novos, tudo comprado pela mãe, bateu a porta do barraco e pegou o Beco da Tosse, em direção ao clube.

Os quatro policiais desceram da viatura, um deles fez a abordagem:

– Vai pra onde, menor?

– Pro baile, tio.

– Tio, não. Não tenho irmão em cana nem irmã na zona!

– Vou pro baile, senhor.

– Assim? Sem deixar nem uma cervejinha pra autoridade?!

Mancha coçou o bolso.

– Quanto tem aí?

Mostrou a nota.

– Só isso, moleque? Cinco não paga uma cerveja, não. Nem sequer uma pinga paga mais.

– É o que tenho.

– Tem onde pegar mais?

– Não.

– Então deixa a merreca aqui. E pula na caçapa.

– Pelo amor de Deus, autoridade. Me deixa ir ao baile.

– Outro dia.

ANABELLA

Ajoelhada sobre os calcanhares, apoiada nas juntas dos dedos magros, cotovelos rotos, a pequena vendedora de doces cochila sobre os sonhos.

A pausa é incerta, o trabalho insano, a vigília aumenta o cansaço.

A menina sabe que nuvens pesadas desabam de repente, que o fogo propaga. Os sinais vermelhos são todos acesos ao mesmo tempo.

E os pombos da rua gritam: "Corre, miúda, que já te viram!"

—

– O que acontece naquela comunidade é que a milícia se comporta, ali, com absoluta arrogância. Como se fosse dona de tudo e da vida de todos. Claro, onde o Estado dá as costas, a ilegalidade mete os peitos – disse a vereadora que convocara o encontro, abrindo os trabalhos daquela noite.

Os participantes da reunião apenas ouviam, alguns encantados com o brilho daquela mulher de fúria nas mãos e mel no olhar.

– A senhora tem razão, mas... – começou a dizer um representante dos moradores, que foi interrompido:

– Anabella. Pode me chamar pelo nome – disse ela. – Fica mais fácil.

– Durante um período até foi possível conviver – completou o rapaz.

– Eu sei. Num período quase romântico, quando a milícia exigia apenas que o gás, os serviços de vans e mototáxis, os gatos de energia e de TV a cabo fossem prerrogativas dela. Mas evoluíram e agora se espalham também para a especulação imobiliária, o aluguel de imóveis, o direito de cada morador à sua propriedade – concluiu a vereadora.

SEM CULPAS

Bruxo desceu a Pedra do Esfomeado com o diabo no corpo. Encontro marcado via celular desde a véspera, a corriola o esperava no asfalto, dividida entre o café da esquina e a feira livre.

Esquentaram as turbinas na barraca de um coligado de nome Wilson e apelido Medonho, que tinha sempre uma garrafa de uísque – foi-se o tempo em que bebiam cachaça – em meio às frutas e caixas de legumes. Ali trocaram juramentos de disposição para morrer juntos, se preciso, e amizade eterna. Ali prometeram botar fogo no mundo.

O primeiro carro do bonde eles puxaram ali mesmo. Depois outro, na esquina, e um terceiro na entrada do túnel. E foram à vida, sabedores de que só a morte é certa. Não há mal que não se enfrente nem bem que mereça esforço.

Sem culpas.

—

Depoimento prestado por uma líder comunitária de Boa Esperança ofereceu à delegacia de homicídios uma nova pista sobre a motivação do assassinato de Anabella e do motorista Emerson Souza, que se arrasta nos corredores da burocracia à espera de esclarecimento. A presidente de uma associação de moradores disse que foi ameaçada por homens armados que invadiram a comunidade, irritados com as atividades de um movimento popular de regularização fundiária, supostamente ligado ao gabinete da vereadora.

A mulher disse que só escapou de um ataque porque um dos homens armados constatou que ela não era a pessoa que estavam procurando. Para os investigadores, um dos motivos da abordagem criminosa pode ter sido a atuação na região de um grupo de pessoas que se identificavam como representantes de Anabella. Elas, segundo a polícia, entraram em áreas cujo eleitorado é dominado por milícias. O objetivo dessas ações seria incentivar uma luta por títulos de posse de terrenos em comunidades carentes.

Uma linha de investigação aponta que a "invasão" do grupo da vereadora incomodou políticos da região, que passaram a ficar preocupados com a possibilidade de perder eleitores para ela.

Pouco antes do crime, uma moradora de Boa Esperança procurou o gabinete da vereadora. Ela pediu o apoio de Anabella e sua equipe para tentar regularizar terrenos da região ocupados por famílias carentes. Pouco antes, homens armados chegaram de carro na favela perguntando pela líder comunitária.

Ela disse que agora está com medo, com muito medo.

COMO ERA BONITA!

"Quando me aproximei do carro, o homem já não respirava. A cabeça estava tombada no volante. A mulher tinha vida, um fiapo de vida, os olhos arregalados. Balbuciou 'Me salva, pelo amor de Deus', o sangue escorrendo da boca. Fiz o que era possível no momento: corri atrás de ajuda. Não houve tempo. Não tive culpa."

—

De boca aberta diante da primeira página do jornal espichado na banca, o garçom comenta:

– Inda ontem passou aqui na porta. Só mandou um beijo de longe, mas toda semana parava depois do trabalho para beber uma cerveja. Aos sábados, adorava nossa costela no bafo. Vinha sempre com a namorada e com a filha. Ela era humilde que só vendo. Bebia com os outros clientes, conversava com todos. Vou embora desta cidade, não aguento mais. Vou seguir os passos de minha mulher e dos dois filhos: voltar para a Paraíba.

O rapaz ao seu lado diz:

– Como era bonita!

– Vixe – concorda o paraibano.

Era linda. Morena. Sorridente. Trabalhava feito um mouro pelas mulheres, especialmente as mais pobres e mais discriminadas feito ela. Vereadora das mais votadas, danada. Presidia uma comissão da mulher, foi nomeada relatora da comissão que deveria acompanhar a intervenção das Forças Armadas, com o objetivo de coibir abusos.

Foi assassinada a tiros na rua da cidade, pertinho do prédio da prefeitura (detalhe que não tem a menor importância). O motorista também foi morto na ação. Eles estavam acompanhados de uma assessora, atingida por estilhaços, mas que conseguiu sobreviver.

"Quando cheguei ao local vi um carro estraçalhado, muito sangue e uma moça em estado de choque. Naquele momento tinha cerca de meia dúzia de pessoas ao redor. Parei para prestar assistência, mas ainda não sabia o que tinha acontecido. Na hora achei que fosse uma batida de carro, só então eu vi que eram tiros", disse uma testemunha.

—

"Mandamos o motorista até lá, no condomínio de luxo. Ele foi apanhar o Pontaria, um policial reformado por invalidez, mas que de inválido não tem nada. Sim, também há um político importante entre os moradores do condomínio que fez a ponte para nós.

O motorista se apresentou na portaria dizendo que ia à casa do político, o que abriu portas e porteiras. Pegou o Pontaria, sumiram, trocaram de viatura no caminho, esperaram a vereadora acabar o blá-blá-blá e entrar no carro, seguiram o carro, esperam com paciência e método a hora de fazer o serviço, fizeram o que tinha que ser feito. Missão cumprida, mensagem entregue, almas despachadas para o purgatório ou para onde quer que fosse o lugar delas.

Sem culpas, certo?

A mulher acompanhou com atenção, olhos parados e baba escorrendo do canto da boca, cada palavra do filho ao telefone. Quando ele desligou, o encarou com espanto. A reação foi com a naturalidade de sempre:

– Está precisando de alguma coisa, minha mãe?

UM CLARÃO NAS VEIAS DAS MÃOS

Então a mulher estancou na posição, uma mão sobre o tampo da mesa e outra na cabeça, as pernas semiabertas, a boca também, o biscoito de maisena se desmanchando entre os lábios, a baba a escorrer pelo rego dos peitos.

A moça se aproximou do móvel e começou a catar os cacos de vidro, a juntar pedaços da xícara, a secar o que estava molhado e lambuzado com o pano de prato que trazia sempre estendido no ombro.

O telefone começa a chamar. A mulher encara o aparelho, com expressão bovina, o som continua, agora também o barulho da campainha, a moça que está de cócoras, secando a cerâmica, se levanta.

Mas não sabe a que chamado atender primeiro.

—

A paciente continua na mesma posição, o olhar ainda morto.

A cuidadora pergunta se quer outro chá, ela balança a cabeça de um lado pro outro. A luminária acesa sobre a mesa emite um clarão nas veias das mãos. A cuidadora acha que ela pode resolver espatifar também a lâmpada e a apaga. A mulher fixa os olhos na claridade que brota da janela e os ouvidos na propaganda que vem do carro de som na rua. É de uma loja de tecidos.

Comovida, a mulher começa a chorar.

—

A menina estava na escola.

Brincava de pique-esconde e chicote-queimado no pátio, enquanto do outro lado do portão, na rua, gritos, sirenes e o pipocar de tiros diziam que havia uma sofreguidão: polícia perseguia bandidos, bandidos perseguiam polícia, a pior das pílulas voadoras acertou a menina no momento exato em que mostrava para as colegas como é que se usa batom.

A mãe guardou a camiseta da escola e uma foto que a menina guardava na agenda, feita no dia em que completou treze anos. O pai guardou a mochila e o casaco. Agora dizem que fica andando para lá e para cá, abraçado ao casaco, cheirando o casaco e repetindo baixinho umas falas que ninguém entende. O irmão herdou os livros e a irmãzinha o batom carmim. Ninguém ficou de mãos abanando.

—

A mãe da menina morta disse: "Eu vou correr doida pelo mundo até esquecer ou explodir de tanto lembrar o que se passou com minha filha."

Disse e cumpriu.

Começou a correr, descalça, usando apenas uma camisola de tecido frágil que o suor e a poeira transformavam numa pasta de tessitura nojenta e cor indefinida.

Saiu de casa antes mesmo de raiar o dia e seguiu em direção à avenida que corre até a Sagrada Matriz. Lá arrancou do corpo o que restava das vestes e abriu os braços diante da porta de madeira:

– Deus! Meu Deus! Sei que o senhor sabe como ninguém o que é perder um filho.

Os meninos que fazem ponto na porta da igreja começaram a rir da mulher. Uns de nervoso, outros excitados, alguns até de vergonha.

—

"É assim. Eles entram na casa da gente como se entrassem na casa da sogra ou na birosca. Metem o pé na porta, derrubam cadeiras, abrem a geladeira, destampam panelas no fogão. Mandado judicial nem pensar. E ai de quem ousar reclamar, de quem protestar ou achar ruim! Humilham, esculacham, xingam, dizem desaforos de todo tipo. Que somos bandidos, que nossos filhos são traficantes, que acoitamos bandidos e ladrões. As mulheres são ofendidas e bolinadas. Os homens ganham tapa na cara. Fazem o mesmo que a polícia fazia. Não mudou nada. Fazem até pior. E quem vai pagar por isso?"

A moradora interrompe o depoimento e começa a chorar.

O pai do menino desliga o rádio.

– Não falei que ia dar merda? – pergunta o avô.

O menino coloca a bola debaixo do braço e sai de casa.

—

– Porra, minha mãe! Então eu trabalho feito um filho da puta, na farda e nos biscates, pra ganhar a merda do dinheiro necessário pra manter minha casa e a sua, e a senhora se diverte espatifando vidros no meio da sala?! Porra, mamãe! – esbravejava o filho da mulher, puxando para cima e para baixo as mangas da camisa de listras verticais.

A moça apenas olhava, não ousava abrir a boca. A mãe prendia, pressionava e soltava os lábios, produzindo um sonzinho de chiclete sendo estourado que ele odiava desde pequeno.

O filho da mulher entrou e saiu do banheiro, onde urinou e deu descarga, e depois foi até a cozinha. Serviu-se do café da garrafa térmica, deu um gole, achou ruim, atirou a xícara na pia e saiu pela porta dos fundos mesmo, resmungando impropérios.

A moça olhou para a mulher:

– Ele fica arregaçando e desarregaçando a manga da camisa – comentou, com um sorriso discreto.

A mulher balançou a cabeça, concordando, insinuando um sorrisinho também, derramando o pensamento:

“É brabo ele. Assim desde que nasceu. Puxou ao estúpido do pai.”

A moça entendeu. Tentou abafar os pensamentos, mas pensou alto, a resposta saindo que nem uma confissão:

– Eu sei. Conheço muito bem o seu filho. Não me conhece, graças a Deus, mas conheço ele. Atua na comunidade onde moro, sabia? Sei quais são os biscates que ele faz, arrochando morador, cobrando pedágio, vendendo facilidades, apertando o gatilho pra cima de quem atrapalha o serviço dele e dos comparsas.

A mulher arregalava os olhos, tremia o queixo, coçava o nariz. Parecia pedir clemência, mas a moça era implacável:

– Polícia de dia, bandido de noite. A senhora sabe o que é isso?

POR QUE NOS TIROU DO CÉU ONDE VIVÍAMOS E NOS TROUXE PARA ESTE INFERNO?

Os dois homens estão sentados na birosca, pés sobre o batente.

– Você ouviu? – pergunta um.

– Ouviu o quê? – resmunga o outro.

– O menino.

– Que menino, homem de Deus?

– Jura que não está ouvindo? É tão próximo: "Mataram meu pai, mataram meu pai, mataram meu pai, mataram meu pai, mataram meu pai, mataram meu pai, mataram meu pai!"

O outro balança a cabeça e pede mais uma cerveja.

– Eu também ouço – diz o dono da birosca, baixinho.

—

Minha mãe diz que não devo falar desta maneira, mas eu falo. Que não devo pensar assim, mas eu penso. Penso e falo: para viver num lugar desses, era melhor me mudar logo, logo pro inferno. E, toda vez que penso e que falo, eu choro. Com pena da mãe, porque sei o quanto ela sofre com a situação. Também choro de pena do meu irmãozinho, que não chegou a viver dias melhores, já que nasceu neste buraco.

Aí choro também de raiva do meu pai, que enterrou a gente aqui. Antes morávamos na roça, bebendo água fresca do tanque e catando umbu no quintal, mergulhando no rio, ajudando o pai a tirar leite das vacas ou a mãe a cozinhar abóbora pros porcos. Era assim, sem tirar nem pôr, até o maluco inventar de vender tudo e partir pra cidade, "onde a menina poderia estudar e o caçula ia nascer com médico". Deu tudo no que se viu. No que estamos vendo.

Nossa casa lá na roça era pequena, mas tinha um quarto só para mim e outro para o pai e a mãe. Meu irmão ainda não existia. Agora vivemos amontoados, incluindo o meu irmão, em cômodo único numa vila de quartos com banheiro do lado de fora. Quando tenho que levantar no meio da madrugada fria para fazer xixi, desejo que o pai morra.

Por quê? Por que ele nos tirou do céu onde vivíamos e nos trouxe para este inferno? Porque tão logo chegou aqui, começou a beber e gastou as poucas economias que tínhamos – quase toda juntada pela mãe – e não trabalhou mais para ganhar e repor. Começou a ficar estúpido comigo, com o menino pequeno e com a mãe de um jeito que jamais fora quando vivíamos na roça. E porque conheceu a filha da vizinha, que tem idade para ser filha dele, e com ela sumiu no mundo.

Toda vez que falo isso a mãe diz para eu bater na boca, que assim Deus nos castiga. Eu bato na boca, mas depois repito: quero que o pai morra. A não ser que ele volte pra casa.

ASSIM É QUE A VIDA SEGUE

A moça abre a sacola de supermercado que está no sofá e começa a retirar as peças de roupas. Encosta os tecidos no corpo, faz gestos e ensaia trejeitos, depois os estira na cadeira. Despe-se, ficando só de calcinha, e começa a experimentar as fantasias: uma blusa vermelha enfeitada com miçangas e lantejoulas, saiote branco minúsculo, botas também vermelhas, abertas nos canos.

A mulher olha para ela com ternura.

– Estou bonita? – pergunta a moça.

A mulher balança a cabeça afirmativamente e sorri.

– Tenho que estar bonita. Saio na frente da bateria, a senhora sabe.

A outra continua com o seu sorriso bobo. Um sorriso que não diz nada, mas a moça não se ofende nem um pouco com isso.

– Nossa escola será campeã este ano. A senhora vai ver. Não deixe de me acompanhar pela televisão – diz, vaidosa.

—

A mãe do menino órfão de pai levou o filho ao psicólogo, ao terreiro e à mulher das cartas, onde ouviu a profecia de que estava reservado ao menino um futuro amargo. A cena a que assistira e vivera jamais sairia de sua memória.

O menino seria homem e iria revirar o mundo do avesso, sem um dia sequer de descanso, enquanto não vingasse o pai.

– Como se vingar se não sabe quem são os culpados?

– Aí residirá o seu inferno. Vai se vingar sem saber de quem. Que nem esses vingadores cegos que estão por aí acabando com tudo. Que nem os que mataram o pai dele. A senhora entende?

Não. A mulher não entendia. Mas isso pouco importa.

—

Com o sol que arde na nuca e os olhares enviesados que tanto o humilham, ele até que já estava acostumado. Com o desconforto da indumentária, ainda não.

A fantasia esdrúxula do dia a dia lembrava um robe de chambre aberto nas laterais, só que de plástico, sustentada nos ombros por uma estrutura de madeira que castigava a pele. Na frente estava escrito "Compro joias"; atrás, "Rodízio de massas só R$ 14,90." Em cada mão havia um bolinho de pequenos folhetos que ele seguia distribuindo.

O tempo de trabalho e a rotina entre os mesmos quarteirões o ensinaram a pavimentar os dias, coisas da lei da sobrevivência. Naquela lanchonete pedia um copo com água da bica. No botequim que tinha os dias contados – pois o dono português fora obrigado a passar o ponto – ganhava um cafezinho no copo de plástico pela manhã e outro no meio da tarde. No pequeno restaurante especializado em cardápio executivo tinha hora certa para receber um abençoado prato feito de cortesia, sempre acompanhado do refresco de laranja aguado ou de maracujá com excesso de açúcar.

Quando despe o outdoor diário, encerrando o expediente, o rapaz-sanduíche tem o corpo moído. Doem os pés, as pernas, os ossos das costas e os músculos dos ombros.

Mas assim é a vida. E assim é que a vida segue.

—

O filho entra em casa cuspindo marimbondos e a mulher nem liga. Está toda mijada, nem sabe há quanto tempo, e isso sim a aborrece, pois provoca assaduras. O filho diz "Sobrou pra mim!", e carrega a mãe nos braços até o sofá. Ela é gorda e pesada, mas o filho é muito forte. Troca sua fralda e a coloca de volta na cadeira, diante da mesa, e vai preparar o mingau de aveia.

– A putinha tirou folga, não foi? Está rebolando a bunda no Carnaval e eu aqui, fazendo o serviço dela.

A mãe não diz nada.

O nome da putinha é Dalva, a senhora sabia? Na comunidade onde mora é Dalvinha. E na escola é chamada de Estrela Dalva. Sabia, minha mãe, que a sua cuidadora é uma "Estrela Dalva"? Só rindo, né? Mas deixa ela comigo. Essa estrela tem os dias contados para se apagar.

Ele coloca o revólver em cima da cristaleira de vidro quebrado e a mulher observa, mas não diz nada. Apenas observa. O bloco passa diante da janela. A mulher apura os ouvidos e fecha os olhos, mergulhando profundamente em suas lembranças de um carnaval que passou.

—

O menino, o pai e o avô estão parados na beira da estrada após a passagem do cortejo bélico, ainda impressionados com o porte, a força e a energia dos tanques, canhões, caminhões, fuzis e baionetas. E também com as expressões determinadas dos soldados, parecendo que estão a caminho da guerra do fim do mundo.

O menino sentado sobre a bola. O pai mal contendo o orgulho. O avô, que não acredita em nada daquilo, fumando e rindo. Tão logo assentou a poeira, eles pressentiram umas nuvens escuras e que pareciam muito perdidas.

"Até as nuvens estão perdidas", disse o avô. "É o céu que se prepara para desabar."

ERA UM HOMEM BOM

As duas moças estão apreensivas. Uma delas dá três batidinhas na porta de madeira da casa de vila no subúrbio.

– Tem certeza de que vai fazer isso, Suélen?

– Não vejo outra saída, Dalvinha. Tenho que tirar. Vou me acabar para criar sozinha filho de bandido? Deus me livre.

– Ô, minha irmã...

– Fiz a burrada, não fiz? Agora eu pago o preço. Não é assim que se diz?

—

A comunidade tem uma parte alta e outra baixa. A alta começa a subir a partir da avenida e se espicha rumo ao céu, subindo, subindo, barraco trepando em casa, sobrado, enclaves, puxados, arame vertical de tijolos e cimento.

A parte baixa atravessa a avenida e se derrama pelo outro lado, inchando a cada dia com novos becos, com instalações, fabriquetas de picolés, tapioca, pés de moleque, barracos, cortiços e varais que se arreganham horizontalmente até encostar em outra comunidade que, por sua vez, já encosta em outra e mais duas ou três recém-nascidas.

As duas partes se separam; uma passarela, suspensa sobre a avenida, e de onde contemplavam-se os dois lados dos cenários, "ligando o nada a coisa nenhuma", como dizia Maioral, pai de família da área que sobre a passarela garantia o sustento. Com suas mãos milagrosas, o homem cujo batismo – nome esse que só a mãe sabia – era José, consertava cabo de panela, tesoura emperrada, faca de cozinha cega, ferro de passar enferrujado, vassoura sem cabo, velocípede, rádio, chuveiro elétrico...

Pois contam que no dia, o mesmo em que a polícia chegou disposta a vingar o companheiro que ali perdera a vida, Maioral já estava em seu posto. O último lugar onde foi visto com vida. Dizem que foram os bandidos, porque um dia antes o homem ajudou um policial que se debatia para não morrer com uma bala enfiada nas costas. Dizem também que foi a polícia, porque dias antes ele socorrera um bandido caçado vivo ou morto, que precisava descer o morro, cruzar a passarela e o destino, ganhar o mundo em busca de salvação.

Dizem que disseram.

No cemitério, o filho da vítima apenas comentou quando perguntado:

– É possível que as duas informações sejam verdadeiras. Que ele tenha ajudado a um e a outro, sim. É possível. Era um homem bom.

—

A moça está deitada na maca, as pernas levantadas, pronta para o início do procedimento. A aborteira entrega à acompanhante a caixa de antibióticos que Suélen deverá tomar durante sete dias. Pega a seringa com a anestesia, enrolada em pano branco, e se aproxima da maca. Apieda-se da paciente:

– Ô, minha filha, você é tão novinha, tão bonita. Tem certeza de que quer fazer isso?

– Não tenho outra saída, dona – diz Suélen.

E começa a chorar.

A irmã se afasta. Vai chorar na salinha da recepção.

—

Janete Assis de Souza Cunha, então com vinte e sete anos incompletos, entrou em um carro na estação rodoviária da zona oeste e seguiu em direção a uma clínica ilegal. O objetivo era realizar um aborto no quinto mês de gestação. Janete morreu durante o procedimento e seu corpo foi encontrado carbonizado em um carro semanas após o desaparecimento. Segundo a polícia, o local onde a moça fez o aborto era uma clínica clandestina em local residencial alterar "muito improvisado, sem qualquer cautela, submetendo a grávida a diversos problemas que poderiam acontecer."

A mulher não permite que a leitura da Crônica do Dia se complete. Desliga o rádio e liga a máquina de lavar roupas.

RECEBI ORDENS PARA NÃO CONTAR COM VOCÊ

Ao chegar à escola de samba para o ensaio, a moça é chamada pelo diretor de bateria:

– Tenho uma notícia para te dar, Dalvinha.

– Fala, Tuco.

– Você não vai gostar nem um pouco.

– Diz.

– A escola não conta mais com você para o desfile. Fala com o diretor de carnaval. Ele te explica melhor. Mas eu sei que a ordem vem lá da presidência.

– Ordem, Tuco?

– O homem recebeu a visita de um sujeito poderoso aí, da milícia que está mandando no morro. Parece que foi uma exigência. Vai lá, Dalvinha, fala com o diretor que ele te explica melhor.

– Claro que vou. Não posso aceitar isso assim.

Tuco a segurou pelo braço:

– Como vai a nossa menina, Dalvinha?

– Melhor do que a mãe.

– Diga a ela que o papai mandou um beijo.

– Digo. Mas bem que o papai poderia levar esse beijo pessoalmente de vez em quando. Filho gosta disso.

O diretor de carnaval arrematava ilustrações para fantasias, quando a moça invadiu a sala:

– Dá licença, Hermes?!

– Claro, Dalva. Sempre.

– Ainda somos amigos?

– Claro!

– Então me conta o que está pegando.

– Sinceramente, não sei ao certo. Recebi ordens para não contar com você como destaque da escola.

– Ordens de quem, Hermes?

– Do presidente, claro. Quem mais poderia me dar ordens aqui?

– Vou falar com ele agora mesmo.

– Parece que está viajando, amiga. Mas amanhã deverá estar aqui no horário de sempre.

—

No dia de folga, livre da vestimenta de plástico e madeira, o rapaz que ganha o pão no centro da cidade como homem-sanduíche fica em casa, sentado no sofá da sala, janela aberta para o nada, olhando o vento fazer curvas.

– O vento vai até a esquina, faz a curva em cima da ponte e retorna. Você já reparou?

– Cada vez mais maluco – resmunga a irmã.

A mãe no quarto, tossindo sem parar sobre o colchão de espuma, quente de dar dó. Seu sonho é arrumar um dinheiro para levar a mãe ao médico. Outro dinheiro para ajeitar o dente podre da frente e arrancar o lá de trás. O irmão acorda vomitando, fraco para cachaça, porém teimoso. Reclama que não tem pão nem café frescos, o filho da puta mal-agradecido.

O bloco de sujos desfila diante da janela, uns com bexigas de boi que sapecam nas costas de quem passa – dor infernal – e outros com máscaras horríveis de caveiras e monstros, feitas com retalhos de chita e meias de mulher.

Chamam. Ele nem se move. Nem no Carnaval, momento tão bonito. O tempo todo ali, amolando a maldita faca, arquitetando sabe-se lá que diabo.

—

A mãe olha para o filho como quem contempla o cão.

Está sem banho, recusa-se a comer qualquer coisa; a camisola marcada de suor e de mijo.

A moça que cuida dela não aparece há dois ou três dias. Se conseguisse falar, perguntaria o que o infeliz tem a ver com isso. Mas apenas olha para ele, para as paredes, para o móvel de vidro arrebentado.

Sabe que tem o dedo podre do filho nessa história.

—

Um homem foi morto no começo da noite, durante ação da PM no Buraco do Sapo, zona sul da cidade. De acordo com informações obtidas no hospital, para onde o corpo foi levado na tentativa de salvação, a vítima foi identificada como Bartolomeu Silva Amarante, de vinte e seis anos. Moradores da favela acusam policiais do sistema de segurança da área de terem confundido um guarda-chuva que a vítima segurava no momento em que foi atingida com um fuzil.

Segundo a viúva de Bartolomeu, que pediu para não ser identificada por temer represálias, ele estava numa fase feliz da vida. Tinha acabado de conseguir um emprego como vigia em um bar, depois de quase um ano no desvio. Casado há sete, Bartolomeu deixou dois filhos, um de quatro anos e outro de dez meses.

– Não sei como vou contar para meu filho que o pai morreu. Estávamos tão felizes, preparando a festinha de um ano do nosso menino mais novo – disse a viúva.

—

Parentes contam que Bartolomeu estava aguardando a mulher, encostado em um carro e com o guarda-chuvas no colo, quando policiais chegaram atirando. Suspeitam que os PMs tenham confundido o objeto com um fuzil. O local onde foi atingido tem pouca iluminação.

NÃO SOMOS NÓS QUE VAMOS QUEBRAR A CORRENTE

O presidente da escola aponta a cadeira diante de sua mesa – com bandeiras do Brasil, do estado, da escola, da liga das escolas, do time e do partido – e sugere a ela que se sente.

– Obrigada, Hélio.

– O que está acontecendo, Dalva?

– Você já sabe. Todos já sabem. Preciso saber de onde vem esse boicote. Sempre fui fiel a essa escola.

– Não vou esconder nada de você.

– Que bom.

– Não sei a quem você está desagradando. Justo você, uma pessoa tão agradável, de boa convivência. Mas deve estar desagradando alguém. E esse alguém, ou alguéns, pois também não sei quem é, joga duro e quer tirar você de cena. Pelo menos da cena do Carnaval. A barra é pesada e a pressão é forte. Recebemos ordens para afastar você e não temos condições nem forças para não cumpri-las.

– Ordens, Hélio?

– Ordens, Dalvinha. De gente, ou gentes, que está mandando na comunidade. A escola depende da comunidade, que por sua vez precisa de paz para viver. Não somos nós que vamos quebrar a corrente. Me fiz entender?

– Não muito. Mas o suficiente para eu perceber que não sou mais bem vista na escola, que essa decisão não é da escola, e que é melhor eu nem tentar descobrir quem está por trás disso. Mas tentarei. E vou descobrir.

– Se eu fosse você, deixava esse assunto quieto.

– Obrigada, Hélio.

—

Logo cedo, o desentendimento com o vizinho para azedar o dia. O menino jogava bola sozinho no quintal, divertindo-se em acertar o chute contra o muro, quando o erro de cálculo fez a bola passar pro outro lado. A caprichosa foi acertar justamente a plantação de rosas, que era o xodó da mulher do encrenqueiro. Ouviu quando ele reclamou rispidamente com o menino e foi tomar satisfação:

– O meu filho quem educa sou eu.

– Não parece – foi a resposta.

Seguiu para o trabalho com aquele desaforo atravessado na garganta.

O segundo dissabor do dia veio ao receber o aviso de dispensa do emprego, depois de tantos anos de dedicação. Foi pedir satisfação ao chefe imediato. Como a sala estava vazia, dirigiu-se ao chefe do chefe, que também não ocupava mais a mesa, e depois ao gerente do setor, ao gerente-geral, ao inspetor, superintendente, diretor e até ao presidente.

Todas as salas vazias.

Todo mundo a caminho do guichê do seguro-desemprego, cuja atendente também foi demitida. Juntou os pertences – papéis, paletó, porta-retratos, agenda, o saco de biscoitos pela metade – e enxugou a última lágrima na flâmula do time.

Só o cão da repartição marcava ponto na saída, meditando sobre o rabo cabreiro. Viu nos olhos do animal certa expressão de "sinto muito" e ficou comovido. Atirou para ele o resto de biscoitos. Deu cinco ou seis passos à frente e, em seguida, voltou para pegar de volta.

Sabe-se lá o dia de amanhã.

Ao retornar, ninguém em casa. O moleque na escola, mulher fazendo compras. O vizinho assoviava no quintal, na atividade preferida de regar as plantas. Foi ao quarto e pegou dentro do armário a arma jamais usada. Era para se defender, coisa de quem mora em casa, sem a segurança dos apartamentos. Encostou-se ao muro e chamou pelo vizinho. O outro o olhou, a princípio com indiferença, depois curioso e, por último, com os olhos arregalados.

Alguém teria que pagar por aquele dia.

OLHO POR OLHO, DENTE POR DENTE

Preso após participar de um assalto, o rapaz quase menino disse à mãe que faria muita falta no xadrez a comidinha que ela preparava. Ele perdera um rim na adolescência, por isso vivia com uma dieta especial para evitar complicações. A mãe cozinhava nas madrugadas, antes do ônibus e do trem a levarem ao emprego de doméstica.

Dias depois, a mãe contava ao moço da Defensoria:

"Fiquei vários dias tentando visitá-lo, sem sucesso. Teria que ter um cartão. Não conseguia fazer o cartão, o coração apertando, o meu filho lá dentro, as horas de sono diminuindo, as horas de trabalho aumentando. Tudo ficando tão triste, doutor, tão triste. No dia em que finalmente recebi o cartão e fui vê-lo, a médica do presídio me disse: 'Seu filho morreu, não sabia não?!' Fiquei tonta, comecei a cair, e ela gritou: 'Se cair vai ficar no chão, porque ninguém aqui vai poder te atender.' O senhor acredita? Acredite, sim, pois não sou mulher de mentiras. A médica ainda prosseguiu: 'Você não viu o estado em que ele estava, mãe? Imaginou o quê? Não sabia que ia morrer, inocente?' Não, não vi o estado em que ele ficou. O cartão não ficou pronto."

—

Rádios em diversos lares e biroscas são sintonizados no programa Ronda da Cidade, no momento exato em que o locutor anuncia a leitura da Crônica do Dia, com o seguinte título: "A cidade está pegando fogo".

O assassinato de um oficial da PM desencadeou uma onda de violência que resultou em outras quatro mortes. Abordado por dois bandidos, o capitão Nazareno não esboçou reação e entregou sua motocicleta. Mas, ao ser revistado por um dos ladrões, tentou correr e acabou sendo atingido por mais de dez disparos. O crime levou o comandante do batalhão no qual o oficial servia a convocar sua tropa para uma "guerra sem trégua", conforme escreveu em um aplicativo de troca de mensagens. Em seguida, os policiais partiram em peso para o local do crime.

A operação terminou com quatro mortos e fechou, por duas horas, acessos a vias expressas importantes da cidade. "Quero pedir a todos vocês que se empenhem ao máximo, buscando quem quer que seja, em qualquer buraco, viela, casa, seja lá aonde for, os assassinos do Nazareno", escreveu o comandante do batalhão por WhatsApp.

Ou seja: é o famoso olho por olho, dente por dente. Aonde iremos parar?

—

Diante do vidro espatifado, a mulher sente falta do filho para trocar suas fraldas, que começam a provocar assaduras, e sente saudades da moça, a melhor companhia que teve em toda a vida.

Não desliga o rádio. Não esboça qualquer reação.

O homem, que só depois de três conduções lotadas e uma caminhada de quase meia hora conseguiu chegar em casa, está ainda sentado no tamborete, descansando os cotovelos sobre a mesa, diante do copo e da garrafa de aguardente.

Depois de ouvir a crônica, sem esboçar qualquer reação, a mulher o pergunta se quer que desligue o rádio e ele diz que sim.

—

O filho está sentado diante da televisão ligada, assistindo ao futebol. Tem um copo de cerveja na mão e o revólver sobre a mesa de centro. Ele intercepta o olhar da mão na direção da arma e se antecipa:

– Está descarregada.

A mulher mantém a expressão de desconfiança com a qual o encarou desde sempre. O filho oferece uma justificativa:

– É só por segurança, minha mãe. A senhora sabe como a cidade está.

Ela faz um gesto de desconforto que o filho entende logo.

– Está mijada de novo? Vou trocar sua fralda.

O sentimento dela é de tristeza e vergonha.

O rapaz se impacienta:

– Espera acabar o primeiro tempo do jogo.

—

Durante a leitura da Crônica do Dia, o locutor pediu licença aos ouvintes para reproduzir um trecho do artigo da juíza Andréa Pachá, publicado na imprensa:

A audiência já havia terminado, mas Maria precisava falar. Vinha de uma exaustiva rotina. No início, a mãe e as irmãs ajudavam. Conseguia trabalhar e deixar Pedro acolhido.

Aos poucos, a ajuda diminuiu e a dificuldade aumentou. Primeiro, perdeu uma irmã. Depois a mãe e a irmã caçula. Mais pesado, o filho demandava cuidados com a barba e com o corpo de adulto, que não foi contido pela deficiência mental. Os episódios de convulsões e agressividade se intensificaram.

Aposentada, recebendo um salário mínimo por mês, Maria sustentava a família. Fazia questão de dizer que não estava reclamando, como se não tivesse direito ao cansaço e à tristeza. Explicou: "Só vim à Justiça porque comecei a me preocupar com o futuro dele. Sem uma interdição, ele não recebe pensão. O pai sumiu quando ele era bebê e nunca mais voltou."

Com quase cinquenta anos, a cabeça deitada no colo da mãe, Pedro aceitava o carinho que ela lhe fazia e sorria docemente.

Sozinha, chegando aos oitenta, ela segurou minha mão e confidenciou baixinho: "Nunca pensei que uma mãe pudesse querer que o filho partisse antes dela. Todo dia eu rezo para Deus fazer esse milagre. Nem direito de morrer eu tenho."

Sem direito à própria vida e inteiramente dedicada ao filho, Maria também não tinha direito à morte. No entanto, por algum motivo inexplicável, o tempo todo aconchegada ao homem-menino, ela era um poço transbordante de doçura e afeto.

– É isso mesmo. Um pai ou uma mãe são capazes de cuidar de dez filhos. Mas podem ter dez filhos e não receber os cuidados de nenhum – disse a ouvinte, desligando.

– É mesmo. Já ouvi isso em algum lugar – disse a vizinha, da janela.

ESCRITÓRIO DO CRIME

Em depoimento que já está no gabinete da procuradora-geral da República, o miliciano Antônio da Silva Costa, o Tonho da Matraca, dá sua versão para o assassinato da vereadora e do motorista. Um dos principais investigados pela delegacia de homicídios da capital, Matraca afirma que os dois foram executados pelo Escritório do Crime, grupo de matadores de aluguel formado por policiais militares da ativa e ex-policiais.

Entre os PMs que integram esse grupo há um major que está para ser promovido a tenente-coronel, podendo alcançar a mais alta patente da corporação: coronel da PM.

A existência do Escritório do Crime foi revelada à imprensa muito recentemente. Seus integrantes são apontados como executores de crimes considerados "de difícil elucidação", cometidos principalmente a mando de contraventores e políticos. Os criminosos cobram de R$ 200 mil a R$ 1 milhão.

—

– A senhora já ouviu falar no Escritório do Crime? – perguntou a moça à velha.

Depois de alimentá-la e de limpar sua boca murcha com o lencinho de papel, ainda comentou, enquanto recolhia os farelos de pão na toalha da mesa:

– Não sei se deveria falar sobre esse assunto com a senhora. Mas vou comentar assim mesmo, pois tenho pena de lhe ver mergulhada na inocência.

A velha a encarou, curiosa.

– É sobre o seu filho. O seu amado filhinho. Sabia que o boneco também está envolvido no assassinato da vereadora? Ele é carne e unha com o tal Tonho da Matraca. A senhora sabe a história da vereadora, não sabe? Foi fuzilada juntamente com o motorista, porque contrariava alguns interesses do grupo ao qual o seu filho pertence.

A velha arregalou os olhos.

– Sinto muito lhe falar essas coisas. Mas a senhora não precisa ficar nervosa, não. Não vai acontecer nada com ele. Ele sempre se safa. Eles sempre se safam. Polícia e milícia vivem assim, ó. Polícia e bandido também. Bandido e milícia também.

Repara que a velha tem os olhos molhados. Sente pena e se arrepende da conversa.

– Desculpe, não queria mesmo entristecê-la. A senhora não merece isso.

E sussurra:

– Ninguém merece ter parido uma peste daquela.

—

O policial militar Alexandre passava na frente de uma distribuidora de bebidas, em sua varredura vespertina, quando viu dois jovens dentro de um carro em atitudes bastante suspeitas.

O colega do policial, com quem ele fazia dupla, disse que não entendeu nem um pouco a atitude do colega:

– Ele sacou a pistola institucional e começou a atirar. Fez mais de dez disparos. Acho que pensou que os jovens estavam assaltando o depósito, sei lá.

Logo em seguida o policial se aproximou dos corpos e reconheceu uma das vítimas: era seu sobrinho, filho de seu irmão.

Nem guardou a pistola. Ali mesmo se matou, com dois disparos na têmpora.

—

Relatório da Polícia Civil sobre a operação no Complexo da Enxurrada, que matou o adolescente Adeílton, de quatorze anos, a caminho da escola, foi classificada como "de grande êxito". O objetivo da operação era prender traficantes, mas nenhuma prisão foi feita.

Sobre o adolescente, o relatório policial esclarece:

"Apenas quando as equipes retornaram é que tomamos conhecimento de que havia uma pessoa baleada."

—

Ademar Antônio da Cunha, de vinte e três anos, foi morto por bandidos na Via Vargas diante da filha de apenas três anos, que ele tinha levado pela primeira vez à praia para aproveitar o dia de folga. Ademar, que trabalhava como operador de depósito de um supermercado, saiu de casa, em Nova Aurora e, juntamente com a mulher, Bela, carregando no colo a filha Priscila, embarcaram no ônibus que os levaria até o mar, na Barra do Anzol.

No retorno para casa, à tardinha, bandidos invadiram o coletivo em que viajavam e anunciaram o assalto. Por algum motivo, os ladrões se assustaram e começaram a atirar. Ademar se jogou sobre a mulher e a filha para protegê-las e foi atingido no abdômen. Outro passageiro, Waltencir Vieira, de quarenta e cinco anos, também foi atingido e também morreu.

– Meu irmão só queria levar a filha para conhecer o mar – disse o irmão mais novo da vítima.

– Perdi meu filho, tão novo, tão cheio de sonhos – disse o pai dele, chorando muito.

– Está assim: a pessoa vai trabalhar, morre trabalhando. Vai passear, morre passeando.

– É muito duro para uma criança ver o pai ser assassinado ao seu lado. Muito duro para uma mulher jovem perder um jovem marido assim. Muito duro alguém morrer diante de um filho. Quem vai pagar por isso? – perguntava-se uma testemunha.

SÓ QUERIA LEVAR A FILHA PARA CONHECER O MAR

Então você se pergunta se há algum mal em querer levar a filha para conhecer o mar. Você, que tantas vezes levou o filho ao mar, sem saber o risco que corria.

Então você se recorda dos inúmeros mergulhos que dava com o seu pequeno para que ele molhasse os cabelos e o corpo, para que aprendesse a respirar com a água batendo em seu rosto, para que perdesse de vez o medo do mar, esse bravo e inquieto companheiro.

Você jamais imaginou o risco que corriam.

—

Foi assim – diz o locutor da Crônica do Dia, com a impostação que costuma deixar a voz melosa, embora hoje se mostrasse também um tanto embargada.

Tão logo embarcou no ônibus, o homem tomou lugar junto à janela e acomodou sua filhota no colo. Pretendia, no trajeto, ir mostrando para ela as construções, os muros, as encostas, o livre comércio à margem da via, as guelras entupidas e as veias abertas da cidade que o viu nascer.

É aceitável e legítimo.

O homem – como disse o seu irmão – só queria levar a filha para conhecer o mar. E que mal há nisso? Que mal há em querer conhecer o mar? Não pretendemos aqui fazer literatura, nem prosa, nem poesia. Muito menos jogo de palavras para comover o ouvinte. Apenas mostrar o quanto a vida, que pode ser simples, feita de momentos singelos, como um pai levar a filha de três anos para conhecer o mar, também pode ser complicada, cruel, definitiva.

Ademar perdeu a vida.

Bela, seguramente, perdeu a possibilidade de acreditar nos sonhos. Sejam eles grandiosos, de difícil realização, ou pequeno e comezinho, como acompanhar marido e filha num passeio de ônibus até a praia.

—

Carlos Damasceno da Cruz, tremendo de medo, trocava rapidamente o pneu do carro da família, que havia furado na estrada, quando ouviu a mulher gritar: "Se quer o celular, vai pegar!" Sem entender o que estava acontecendo, ele escutou, logo em seguida, a filha mais velha, de dois anos e meio, chorar. Quando levantou, a vida já havia mudado para sempre: Silvia Damasceno da Cruz, com quem estava casado há sete anos, agonizava no banco do carona, esfaqueada no pescoço durante uma tentativa de assalto. Com dificuldade para respirar, ela ainda segurava no colo a caçula do casal, de sete meses, encharcada de sangue. Desnorteado e achando que as duas estavam feridas, Carlos pegou a mais velha e saiu correndo em busca de ajuda. Quando voltou ao carro, Silvia já estava morta. Só então ele descobriu que o bebê havia saído ileso do ataque que destruiu sua família.

– Minha filha mais velha entrou em desespero. Ela não entendeu ainda. Se eu não entendi, imagina ela. Só ficava pedindo pela mãe. Está chamando a mãe a toda hora: "Quero a mãe, quero a mãe." Agora tenho que abraçar minhas duas filhas e conviver com isso.

AONDE FORAM PARAR OS SONHOS?

Valdira acorda assustada.

Levanta-se e caminha pela casa, conferindo possíveis sinais de vida pelos cômodos.

Já é madrugada e a filha Dalva, a sua estrela Dalva, não está no quarto. Ela não costuma demorar tanto assim para chegar do trabalho.

Bebe água. Bebe leite. Bebe café.

Senta-se no vaso sanitário e se levanta inúmeras vezes. O coração inquieto, os nervos trêmulos, o temor sabe-se lá de quê, o temor, meu Deus, o temor.

Valdira sabe que Dalvinha anda nervosa. A filha trabalha como cuidadora de uma idosa doente. Ela adora o trabalho e adora a mulher de quem cuida. "A velha querida", como se refere.

Mas a velha tem um filho.

Que não gosta de Dalva. Nem Dalva gosta dele.

Onde anda sua menina sem juízo?

A mãe recorda do tempo em que também era uma menina sem juízo. Sonha com o tempo da falta de juízo e se pergunta onde andam os seus sonhos.

Aonde foram parar os sonhos?

É um homem do mal.

A mãe se lembra do tempo em que a filha era uma menina, como hoje é a sua neta. Dalva, uma menina brincando pela casa, ouvindo os sambas-enredo das escolas no Carnaval e desfilando pelo corredor.

A filha queria ser destaque nas avenidas desde pequenina. Sempre foi cheia de sonhos, mas era ajuizada.

Nunca foi sem juízo feito a irmã mais nova, Suélen.

Lembra-se da filha e fica nervosa. Lembra-se das filhas e começa a chorar.

Bebe água, bebe chá, faz outro café, olha pela janela e começa a clarear.

Música ao longe, do baile próximo ou do bar da esquina.

Silêncio roendo as paredes.

Um carro para diante do portão e alguém chama pelo nome.

– Sou eu – diz, aflita.

– Dalva mora aqui?

Nem consegue responder.

Os homens já estão abrindo a mala do carro e retirando o corpo, enrolado no plástico preto.

—

O filho cuidava da mãe, rádio ligado na Crônica do Dia, enquanto fazia o chá, colocava biscoitinhos de maisena na mesa e trocava fraldas:

(...) Seria cômico se não fosse trágico, mas os dois elementos presos esta manhã, por envolvimento no assassinato da vereadora e do motorista, crimes que há um ano incomodam a população e a imprensa, são ligados de alguma maneira à polícia: um é o sargento reformado da Polícia Militar Ronaldo Bessa, de quarenta e oito anos, e o outro é o ex-PM Delcio Silveira Souza, de quarenta e seis. (...)

Após ouvir a Crônica, ele desligou o rádio e olhou preocupado para a mãe, como quem busca uma explicação. Ela olhava distraidamente para o teto, como quem busca um esconderijo para a alma.

NEM OITO NEM DEZOITO: OITENTA TIROS

– Por que interromperam os nossos sonhos? – perguntava-se e perguntava, a quem passasse pelo local, a viúva do músico Reginaldo dos Reis Luz, morto no instante em que militares do Exército atiraram no carro em que estavam, na Estrada do Gambá, no meio da tarde de uma linda tarde de outono, quando se dirigiam para um chá de bebê.

No carro seguiam com Reginaldo sua mulher e filhos, além do sogro, que também morreu fuzilado.

Segundo a Polícia Civil, foram feitos mais de oitenta disparos. Parentes e amigos dizem que as vítimas foram confundidas com bandidos.

Um homem parado na esquina comentou:

– Atirar antes e perguntar depois. É a lógica da guerra.

O delegado acariciou os fios da barba bem aparada e disse à reportagem:

– Sintam o drama (não, o delegado jamais usaria essa expressão, mas você lê a matéria como se ele a tivesse usado): tudo indica que os militares realmente confundiram o veículo com um bonde de bandidos. Mas nesse veículo estava uma família. Nele não foi encontrada nenhuma arma de fogo nem de qualquer outro tipo. Tudo o que foi apurado era que realmente se tratava de uma família normal, de bem, que acabou sendo vítima dos militares.

Também estavam no carro a mulher e o filho de Reginaldo, de sete anos, além de uma afilhada do casal, de treze.

Além de fazer parte do grupo de pagode Reflexos do Som, o músico trabalhava como segurança em uma creche-escola.

Em nota, o Exército garantiu que os dois abriram fogo contra a guarnição, "que revidou a injusta agressão". A rima, segundo o redator, foi involuntária.

—

A viúva de Reginaldo, Rosa, de cinquenta e um anos, ficou emocionada depois de comparecer ao Instituto Médico Legal para reconhecer o corpo do marido. Com dificuldades para falar, contou o que viu.

– O meu filho estava no carro, viu tudo, ouviu tudo, não entendeu nada. Ele quer porque quer a foto do pai. Para quê, não sei. Falei que o pai está no hospital. Ele não pediu para ir vê-lo. Só quer a foto. Enquanto eles atiravam, eu gritava: "Pelo amor de Deus, soldados, ele está morrendo! Não atirem, socorram o meu marido!" Eles continuaram atirando e olhando para mim com cara de deboche. Será que foi por que meu marido era preto?

—

Ao mesmo tempo, e muito próximo dali, o jovem Christian Felipe Santana de Almeida Alves, de dezenove anos, foi morto por militares do Exército durante uma blitz na Estrada São Pedro de Alcântara, em Realengo. Ele estava na garupa da moto de um amigo de dezessete anos. O Comando Militar do Leste alega que os jovens não obedeceram à ordem de parada e furaram o bloqueio, mas a família contesta essa versão.

—

Onze dias depois do corrido, morreu no Hospital Carlos Chagas o morador de rua e catador de material reciclável Luciano Macedo, de vinte e sete anos, que tentou salvar a vida de Reginaldo. Não conseguiu, mas salvou o filho do músico, de sete anos, carregando-o sob o festival de disparos até uma área segura. Luciano também catava sobras de demolição para construir um barraco próprio na Favela do Muquiço. Sua mulher, que também vivia na rua e catava materiais, está grávida.

UMA CIDADE CRÔNICA

Foi assim. Como faziam todas as manhãs, os catadores de material reciclável e moradores de rua Luciano Macedo e Daiana Horrara pularam para a calçada nas primeiras horas do dia e foram à luta. Além da matéria-prima habitual, o casal juntava por aí pedaços de madeira em bom estado e vigas abandonadas para construir um barraco na Favela do Muquiço, em Guadalupe.

Em uma esquina da Estrada do Catonho, Luciano e Daiana – que está grávida – se depararam com a cena que horrorizou o bairro, a cidade, o país e o mundo: o carro que transportava para um chá de bebê o músico Evaldo Rosa foi fuzilado com mais de oitenta disparos em ação de militares do Exército (convocado ao Rio de Janeiro desde o ano passado para combater o crime e proteger a população).

Por combater o crime, entenda-se também enfrentar a força das milícias, que nadam de braçadas em diversas regiões, com "projetos" que soterram vidas e intimidam autoridades. Estava no acordo firmado pela política de intervenção. Foi prometido, estão lembrados?

Diante da cena tão cinematográfica quanto dantesca e inacreditável, Luciano atravessou a rua para tentar salvar o músico e o filho dele, de sete anos, também alvo dos disparos. Conseguiu salvar o menino – carregando-o no colo até uma área segura – e voltou ao carro, onde o resto da família se protegia das balas, para ver se socorria mais alguém. Foi alvejado por três disparos.

Luciano foi levado para o Hospital Carlos Chagas e lá permaneceu entre a vida e morte por onze dias. Na madrugada da sexta-feira, a da Paixão, ele morreu.

– Meu irmão, que errou muito neste mundo, foi tentar salvar uma vida e deu a dele – disse no hospital a irmã do herói, Lucimara Macedo.

No festival de erros que resultou na morte de inocentes e em traumas irreversíveis para tantos, quem terá errado mais, Lucimara? Ela se referia a um tempo, segundo vizinhos, em que Luciano passou fome e teve que roubar para comer. Esteve preso e, seguramente, pagou caro pelo erro. Nove militares do Exército estão presos pelo crime. Alegam ter feito os disparos porque "confundiram o carro de Evaldo com um veículo que mais cedo atirara contra a patrulha". Pagarão por ele?

Vivemos um tempo de medo, muito medo, no estado onde a ordem oficial é mirar na cabecinha e... fogo!. O estado de espírito é de temor. Temor de sair às ruas conflagradas; de deixar os filhos nas escolas onde malucos chegam atirando a esmo; de parar nas filas onde idosos apressam a morte; de cruzar com tropas e ter o carro confundido com veículos que mais cedo atiraram contra alguma patrulha.

Luciano Macedo tinha vinte e sete anos. Seu filho vai nascer já já.

—

Com voz grave, o locutor da Crônica do Dia discorreu sobre o primeiro ano de atuação das tropas federais na Província: aumentou o número de fuzilamentos sem defesa, de prisões arbitrárias, de práticas humilhantes nas comunidades carentes. Também cresceu, consideravelmente, o número de milicianos e o poder das milícias.

– É, parece que a política de mirar na cabecinha não deu muito certo – disse o velho, se servindo de mais um café requentado.

O filho apenas olhou para ele. O neto fez um ar de discreta aprovação.

– O que foi que eu disse quando as tropas passaram aí em frente, os tanques cuspindo fumaça e cagando óleo diesel?

– Disse que ia dar merda, vô.

– Pois foi. Pois é. Pois está sendo. E vai estudar, moleque. Nem tudo está perdido, só a esperança.

POR ESSE PÃO PRA COMER, POR ESSE CHÃO PRA DORMIR

"Esta cidade e a intrincada desordem das estações do ano", diz uma canção de Nat King Cole (você não conhece bem as canções do Nat King Cole), mas o verso mora também num poema de Amiri Baraka (esse você também não conhecia, mas está conhecendo agora). Ele chama a atenção para a desordem como método, e mais não diz; nem precisa, porque sabemos que as estações e as cidades padecem do mesmo atávico inconformismo em tempos de utopia, distopia ou pandemia:

"Estou aflito. Pensando nas estações do ano / como elas passam / como eu passo, a minha juventude / o doce amadurecer da minha vida."

Mas em Berlim, em Pequim, no Rio de Janeiro ou em Bombaim – onde quer que a providência divina tenha achado de fazer o nosso acerto de contas –, é preciso levantar da cama em meio à guerra e enfrentar a cidade, apesar da desordem e dos tempos finitos que as estações do ano contornam.

Então você estranha alguém fazer um poema numa hora dessas, justo numa hora dessas, num tempo desses, onde a desordem não lhe atinge, porque os *headphones* nos ouvidos não lhe permitem escutar os gritos do menino: "Mataram meu pai, mataram meu pai, mataram meu pai" (Cala essa boca, menino!). A venda nos olhos não o deixa ver a mulher que perdeu a filha e corre pelas ruas, seminua, arrancando os cabelos enquanto pergunta aos céus

– que também já não ouvem – o que será de sua vida sem a menina morta. Mais uma louca! A cidade está repleta de loucos!! Cala essa boca, mulher!!!

E você pensando que a desordem está na fila do banco, no trânsito sem saída, no hospital sem leitos ou respiradores, pois nada sabe da influência das estações do ano, sobre os nervos do homem, o ciclo menstrual da mulher, a nuvem de gafanhotos famintos, a iminência de uma terceira, quarta ou quinta guerra – bélica ou biológica –, o relógio que não interrompe o tique-taque nas veias, o olho arregalado do Cristo – a quem ainda agradece *pelo pão pra comer e pelo chão pra dormir.*

E descobre, no fundo de um baú empoeirado, o poema que um dia escreveu falando de angústias, solidão e pandemia. E mesmo sem saber quem pagará por isso, relê o poema antes de pegar a calça amassada no fundo da gaveta do armário, vestir uma camisa pelo avesso e sair pelas ruas de olhos arregalados, como se estivesse em um espetáculo circense, uma ópera, uma telenovela, um filme dramático, uma novela inóspita ou um romance rústico:

Sei que
me senti
assim
errando
às cegas,
girando
em cercas
sob o sol.
A chuva
no cenário
mais seco

impossível
de Wim
Wenders.
Não sei
você,
mas eu
sei que fui
por muitos
dias e noites
o maltrapilho
amnésico de
Paris, Texas
(justo ou
injusto quando
pandemia
nem havia),
zanzando
zonzo e a esmo
em busca
do que
não sabe
que perdeu.
Você,
não sei.
Mas
foi
assim
que me
senti.